Ninfa gioiosa
Le origini

Ninfa gioiosa
Le origini

Violetta Moreau

Editions du soleil, Côte d'Azur

© 2019 Violetta Moreau
© 2019 Editions du soleil, Côte d'Azur
Imprimée par Lulu Press, Inc., Morrisville, NC

ISBN : 978-0-244-22992-4

"Perché è scandaloso fare l'amore a 16 anni
se si può morire a tutte le età?"

[Jim Morrison]

I

La scoperta del sesso iniziò per me molto presto, già a dodici anni, quando terminata l'école primaire mi iscrissi al Collège. Sono gli anni in cui entrai nella pubertà, e il mio aspetto e la mia vita cambiarono completamente. Il mio fisico iniziò a svilupparsi, le forme del mio corpo ad arrotondarsi, il seno cominciò a gonfiarsi e il pube e la 'patatina' si mostrarono gonfi e carnosi, "da baciare", così diceva mia madre, e mio padre aggiungeva "tutta da mordere". In quel periodo la mia vita ebbe un cambiamento sensibile: una nuova scuola con nuovi insegnanti, nuovi compagni di classe e nuove amicizie, nuove attività che m'impegnarono maggiormente, soprattutto quelle scolastiche perché sono sempre stata una ragazza studiosa, anche se le nostre abitudini in famiglia non mutarono per nulla.

Eravamo una famiglia normale, spensierata e felice, e io avevo un rapporto molto stretto con i miei genitori, confidenziale e soprattutto molto libero nei costumi anche perché i miei genitori sono sempre stati di larghe vedute, decisamente spregiudicati per certi versi e, soprattutto, naturisti convinti e praticanti, sempre.

Le estati passate di solito alla Plage naturiste de Pampelonne, spiaggia dove si pratica il naturismo e situata vicino a Saint Tropez, ma soprattutto vicino alla nostra casa di campagna a Ramatuelle; la nostra casa di campagna e questa bella spiaggia erano la metà delle vacanze estive e dei fine settimana al mare della nostra famiglia.

Nella casa in campagna, una villa in stile provenzale circondata da un grande parco che ci isola dall'ambiente circostante, era ed è ancora oggi un'oasi, dove i miei mi hanno insegnato a praticare il naturismo e che anch'io pratico quotidianamente con mio figlio Jean-Jacques. Anche a lui, infatti, io ho trasmesso questi sani principi di vita libera, dove la nudità è vista come benessere psico-fisico e relazionale e – come mi hanno insegnato i miei genitori – il corpo non deve essere strumento per pensieri indecenti e volgari ma può essere mostrato con spensieratezza e naturalezza.

E se così è sempre stato per i miei genitori, è così anche per me. Fin da piccola ho sempre considerato normale girare nuda per casa – e questo stile di vita la mia famiglia l'ha sempre praticato a Ramatuelle, dove anche il giardino ci consentiva di vivere la nostra nudità nella natura e nel completo riserbo verso l'esterno e il mondo che ci circondava, lontano dalla vista dei vicini e dei passanti, in un'oasi di totale isolamento. E sempre più spesso abbiamo vissuto il naturismo anche nella nostra casa di Nizza (oggi per me è un modo di vivere abituale e quotidiano anche nella casa di città, senza pudore alcuno per nessuno, nemmeno per il postino o il pizzaiolo, tanto per fare degli esempi).

Così vedere il corpo nudo di mia madre Cléophée (Cléo per tutti noi) o quello di mio padre Girolamo (poi mutato da mia madre in Jérôme quando si conobbero e lui si stabilì in Francia) – si… perché mio padre era italiano, mamma invece francese, si sono conosciuti in Costa Azzurra – è sempre stato del tutto normale per me, e loro mi hanno insegnato che non bisogna aver nessun pudore e nessuna vergogna a mostrarsi completamente nudi.

Questo passaggio alla pubertà – avvenuto con l'ingresso al Collège, e a quello che io consideravo il mondo dei grandi – coincise per me con la scoperta del sesso.

Fu tutto casuale, anche se devo dire che la scuola favorì sicuramente una mia curiosità in tal senso. Un fatto del tutto eccezionale avvenuto quell'estate mi fece dunque scoprire il sesso e perdere la verginità all'età di soli dodici anni. Ma tutto questo avvenne con estrema semplicità, senza alcun trauma per me, anzi con una tale naturalezza che io ne ho ancora oggi un ricordo bellissimo. Da quel momento è nato nei confronti dell'uomo che ha avuto in dono il mio corpo in piena formazione e mi ha fatto diventare 'donna' un amore profondo che mi ha accompagnato per gli anni a venire, prima come un sogno che pensavo irrealizzabile, poi nella disgrazia che ha attraversato il mio cammino verso la maturità di donna, in un momento molto difficile della mia esistenza, in un sogno che si è avverato e ha cambiato completamente la mia vita.

La curiosità nei confronti del sesso che si trasmette e si ravviva a scuola tra ragazzini e ragazzine parlando di noi e delle nostre esperienze ha sempre avuto in me un effetto molto forte.

I maschi più grandi erano molto più sbruffoni di noi ragazzine e identificavano e riducevano tutta la questione al solo atto sessuale. Le femmine più curiose di scoprire il proprio corpo e quello maschile, amavano invece parlare di sensazioni, umori, e anche paure di una cosa che per la maggior parte dei genitori era un tabù, e invece è per me la cosa più naturale di questo mondo.

Io devo dire che sono stata molto fortunata perché ho avuto la possibilità di conoscere tutto del corpo maschile e femminile da sempre, ma anche e soprattutto perché mia madre non ha mai avuto timori né pregiudizi nel raccontarmi tante cose sulla nostra femminilità e sugli attributi maschili o su come il sesso è una parte essenziale della nostra vita, di noi stessi per il piacere e per il procreare.

L'anatomia del corpo umano è sempre stata per me del tutto naturale, e non mi ha mai dato fastidio vedere il membro di mio padre in erezione, giustificato quando ero piccola in un gioco tra mamma e papà, e poi crescendo come una necessità fisiologica legata al piacere sessuale che coinvolgeva nell'intimità mio padre e mia madre.

Insomma, io non ho mai avuto nessun timore pudico nei confronti del nudo maschile e femminile.

Ne ho mai provato vergogna e alcun pudore a mostrarmi completamente nuda, in casa come in spiaggia.

Per questo non ho mai avuto vergogna a dormire con i miei – tutti e tre nudi nel lettone, il loro talamo matrimoniale – sia quando ero una bambina, sia da grande, ma soprattutto in quella fatidica estate a Ramatuelle.

II

Quella notte, era una notte di cattivo tempo, con vento forte e acqua a catinelle, un temporale molto intenso con tuoni e fulmini che illuminavano la mia camera a giorno. Io, fin da piccola, ho sempre sopportato male il rumore del tuono, e per questo ero infastidita da quel rombo continuo; pativo il rumore del tuono, e i lampi che dalla portafinestra illuminavano la camera mi mettevano agitazione. Soprattutto, non riuscivo a prendere sonno e spaventata mi alzai dal letto e mi recai verso la camera dei miei, avvicinandomi alla porta socchiusa.

I lampi che illuminavano il cielo a intermittenza erano delle lame di luce che attraversavano la stanza buia e, in una sequenza di luci discontinue intravidi mia madre seduta cavalcioni di mio padre sdraiato supino sul letto. Stavano facendo l'amore. Per un po' guardai di nascosto, molto incuriosita, quello che avveniva; intravedevo i loro corpi e i loro movimenti in quei pochi attimi quando la stanza era illuminata dai lampi che entravano dalla finestra, poi sempre più intimorita dai tuoni che diventavano sempre più rombanti non resistetti più e bussai.

« Cosa c'è Violetta? » mi chiese mamma.

Lei sapeva di questa mia paura per il temporale e i tuoni, e per questo motivo era preparata a passare la notte con me.

Io prima di spalancare la porta ed entrare chiesi: « Mamma, mamma, posso entrare? » e poi aggiunsi « Ho paura del temporale, posso dormire con voi? »

Non rispose subito; sentii parlottare sottovoce, ma non capii cosa stavano dicendo tra loro. Il rumore della pioggia, del vento e il rombo dei tuoni era assordante e mi infastidiva abbastanza, mi metteva agitazione e ansia.

« Vieni tesoro, entra pure », disse allora mia madre.

Mia madre è sempre stata molto comprensiva con me, e capiva molto bene il mio stato d'animo in quei frangenti.

Io mi feci avanti contenta per il permesso di dormire con loro, nuda come sempre, perché a Ramatuelle i vestiti sono banditi da sempre, e m'infilai a letto sotto le lenzuola, tra i corpi nudi di mamma e papà. Feci un sorriso di compiacimento e mi rannicchiai vicino alla mamma, dando la schiena a mio padre.

La mamma mi accolse tra le sue braccia, mi diede un bacio, e poi esordii - rivolgendosi a mio padre - così « Jérôme, mi raccomando... c'è tua figlia tra noi due, controllati. »

Lì per lì non capii cosa volesse dire mia madre, poi quando mio padre mi baciò sulla guancia per darmi la buona notte e si avvicinò a me, compresi il significato di quella frase. Aveva l'uccello duro e accostandosi al mio corpo sentii il suo pene pulsare contro il mio sedere.

Non feci caso alla cosa, anche perché mi era capitato spesso di vedere il pene di mio padre in piena erezione; comunque non mi diede fastidio, anzi al contrario una piacevole sensazione di contatto fisico.

Rimanemmo per un po' in silenzio, c'era comunque il rumore assordante del temporale che riempiva di suoni la stanza, ma io avvertivo che sia mia madre sia mio padre erano ancora svegli. Allora, poiché ormai avevo perso il sonno, e per loro sfortuna avevo interrotto quello che stavano facendo, esordii così, spontaneamente e con l'ingenuità di bambina semplice e spontanea che mi ha sempre caratterizzato.

« Mamma, sai che a scuola una mia compagna ci ha confessato che ha perso la verginità con un ragazzo di due cicli superiori? »

Mia madre, che è sempre stata molto aperta di vedute e disponibile al dialogo e a parlare anche di questi argomenti, che per i più sono scabrosi ma per lei no, non fece finta di niente, anzi avviò un dialogo che porterà a quello che per me sarà uno dei più bei momenti della mia vita di ragazzina.

« Vedi, Violetta, queste cose oggi succedono in modo più facile e frequente che, ad esempio, ai miei tempi. Il sesso si consuma a un'età sempre più giovane. Non so se sia una cosa giusta, purtroppo è una realtà di cui dobbiamo prendere atto. L'importante, tuttavia, è che la tua compagna non abbia ancora avuto le mestruazioni, come te che non hai ancora avuto il primo ciclo. In caso contrario, invece, occorre che stiano attenti quando hanno un rapporto sessuale, prendendo le opportune precauzioni ad esempio usando almeno il preservativo. »

Poi dopo un attimo di pausa continuò dicendo « non sarebbe bello alla vostra età rimanere incinta, siete ancora piccole e innocenti. »

« Questo non lo ha detto, non ci ha raccontato proprio tutto. Sai spesso qualcuna delle mie compagne si vanta di cose che… », risposi io e nel frattempo mi distesi a pancia in su, così potevo guardare in viso sia mio padre che mia madre.

Mio padre, coricato su un fianco, aveva ancora il suo pene che premeva contro la mia coscia, probabilmente ancor più eccitato da questi discorsi. Ascoltava in silenzio e mi guardava incuriosito per questa mia intraprendenza nell'affrontare certi argomenti, e anche mia madre girata su di un fianco verso di me, mi guardava con uno sguardo che mostrava tutto il suo amore verso di me mentre parlava.

« Comunque, Violetta, fare sesso a questa età deve essere una scelta meditata, ci vuole prudenza prima di fare un certo passo perché non deve essere un gesto per dimostrare a se stessi di essere grandi. »

Mio padre era talmente incuriosito e interessato e per questo motivo non si era intromesso in questo dialogo tra... "donne".

« Vedi tesoro – continuò così mia madre – fare sesso non è una cosa sporca, come pensano tante mamme, è invece una bella cosa. Bisogna però pensarci bene la prima volta; infatti, non è un gioco. La prima volta che si fa sesso, quando si perde la verginità, deve essere un momento di completo abbandono, e si deve fare per amore e non tanto per provare. E per questo io penso che l'amore a una certa età non sia sempre spontaneo, spesso non nasce dal cuore, ma è solo infatuazione e voglia di fare qualcosa di proibito. Per questo penso che spesso le ragazzine facciano sesso per gioco, divertimento o peggio, per noia. Vedi tesoro mio, perdere la verginità, per me, è stato un atto d'amore. Per questo motivo io credo che, la prima volta, si debba fare con la persona che più si ama al mondo. »

Era questo un modo elegante per farmi capire che non avrei dovuto compiere lo stesso atto con un ragazzo qualsiasi, così tanto per fare o per provare l'emozione del sesso.

« Hai ragione mamma – aggiunsi io –, per questo io perderò la verginità con la persona che amo di più al mondo. »

Mio padre era rimasto silenzioso ma molto attento ai nostri discorsi; però io intravidi, alla luce dell'ennesimo lampo che illuminò la stanza, che aveva annuito sia al consiglio di mia madre che alla mia risposta.

Allora aggiunsi, ma devo dire che quello che pronunciai fu spontaneo e mi uscì veramente dal cuore; infatti, non l'avevo minimamente pensato ne era stato premeditato.

« Allora sapete cosa vi dico, che io perderò la verginità con papà che è la persona che più amo al mondo. O scusa mamma, anche te amo di più al mondo, ma tu non puoi farmi perdere la verginità – aggiunsi ingenuamente ridendo – non hai il pisello! »

Credo che mai una mia frase fu così traumatica per loro. Li lasciai impietriti, anche se il 'coso' di mio papà reagì diversamente, infatti lo sentii durissimo pulsare contro di me.

Io, con nonchalance, diedi un bacio sulla guancia a entrambi, e mi accoccolai ancor di più alla mamma.

Poi aggiunsi innocentemente « Papà, vieni qua vicino a me, stringimi forte, ho paura dei tuoni. »

Lui abbracciò tutte e due, e il suo 'coso' continuò a pulsare contro il mio sedere; io mi addormentai quasi subito, riponendo in un cassetto della mia memoria quei discorsi audaci.

III

La mattina dopo quando mi svegliai i miei genitori si erano già alzati. Mio padre era uscito a prendere il giornale, mia madre era in cucina intenta a prepararmi la colazione.

Il temporale era passato. Il cielo era diventato azzurro e la giornata si prospettava calda e bella, anche se l'aria era un pochino pungente. La portafinestra aperta che dava in giardino faceva entrare il profumo dei fiori e si sentiva il garrito delle rondini che si rincorrevano intorno alla casa.

Io abbracciai e baciai mia madre come sempre, poi mi sedetti a tavola e iniziai a gustare un croissant appena sfornato.

Lei fece finta di nulla in merito alla conversazione della notte prima. Fui io, invece, che ravvivai il discorso, con tutta l'ingenuità di una ragazzina di dodici anni.

« Sai mamma, ho pensato che è giusto quello che vi ho detto ieri sera. »

« In merito a che cosa, bambina mia. »

« Al fatto di perdere la verginità con papà. In fondo è l'uomo che amo di più al mondo e penso sia bello se sarà lui a farmi conoscere il sesso per la prima volta. »

E poi incalzandola senza darle il tempo di pensare: « Mamma, tu cosa ne pensi? »

Mia madre rimase di sasso a questa mia domanda; era attonita, ma da donna moderna e di larghe vedute com'era, non mi fece alcun rimprovero per questa mia esternazione certamente fuori dal normale senso del pudore, o meglio del costume sociale e del comportamento cosiddetto morale.

Comunque per cercare di porre freno a questa mia fantasia, aggiunse: « Tesoro, quando sarà il momento giusto ci penserai meglio e forse ti verrà un'idea diversa. Forse avrai trovato un ragazzo di cui sarai follemente innamorata e con lui vorrai fare questo passo importante per la tua vita; perché, ricordati Violetta, è un passo importante. Questo evento ti segnerà per tutta la vita, perdere la verginità non è solo un fatto legato a un atto sessuale, vuol dire fare un gesto che dovrà rimanere nella tua memoria come una cosa bella della tua esistenza. »

« Appunto mamma! », aggiunsi io in modo perentorio e sfacciato.

Io, in effetti, nel mio inconscio ero entusiasta e determinata a portare avanti questa mia folle idea.

E ancora più decisa continuai così.

« Proprio per questo motivo mamma, io voglio perdere la verginità con papà perché so che sarà una cosa bellissima. In fondo tu fai sesso con papà e siete felici. E allora lo posso fare anch'io. O no? »

Devo dire che con quest'ultima frase fui disarmante e mia madre si sedette su una seggiola guardandomi con uno sguardo meravigliato da questa mia... 'esternazione'.

Nello stesso momento in cui noi stavamo parlando entrò mio padre.

« Allora di cosa stanno chiacchierando le mie due donne? »

Si perché per lui noi eravamo le sue 'donne'.

Io istintivamente gli balzai al collo lo baciai sulle guance, e prima che mia madre potesse pronunciare parola, gli dissi.

« Papà, papà io e la mamma abbiamo deciso che sarai tu a farmi perdere la verginità! »

Mia madre, senza parole, divenne una statua di ghiaccio. Mio padre stupito, non riuscì a balbettare nulla.

Io presa dall'entusiasmo e da un'euforia travolgente aggiunsi.

« Non sei contento papà? Sarai tu a farmi perdere la verginità », e così dicendo l'abbracciai forte, forte, forte.

Lui guardò mia madre che nel frattempo era rimasta sbalordita, senza riuscire a pronunciare parola, completamente impietrita e allibita, e solo dopo qualche istante mio padre proferì un pallido tentativo di risposta.

« Ma Cléo! », ma in realtà era anche lui sorpreso, un po' disorientato, turbato, non sapendo cosa dire.

Io, invece, ero euforica!

« Si si papà, sei contento? Io e la mamma siamo perfettamente d'accordo, abbiamo già deciso tutto! »

Mia madre cercò di balbettare qualcosa ma non gli uscì parola dalla bocca, era completamente disorientata.

Allora a mio padre uscirono inconsciamente e sottovoce un po' balbettando, forse senza neanche rendersi conto di quello che stava dicendo, le seguenti parole « E quando dovremmo... fare... questa cosa? »

Io sempre più esaltata ed entusiasta, ormai non mi controllavo più da quanto ero felice.

« Stasera, papà... stasera! »

Mia madre rimase di sasso a questa mia ultima frase, con gli occhi strabuzzati e completamente disarmata da questa mia folle idea. Mio padre imbarazzato mi teneva in braccio con le mani sul sedere perché io gli ero letteralmente saltata al collo, ma in quel frangente certamente paradossale e anche stimolato da quella situazione comunque intrigante, il suo 'coso' aveva avuto una... erezione. Io me ne ero accorta perché lo sentivo sfiorare le mie parti intime con la punta del suo pene, ma non avevo dato peso alla cosa, nella mia più totale ingenuità di ragazzina dodicenne. Credo che mia madre nel suo stato di trance per tutto quello che era accaduto così rapidamente, non se ne fosse nemmeno accorta.

La giornata trascorse veloce senza che me ne rendessi conto in un silenzio assordante.

Mio padre e mia madre non aprirono bocca; mia madre poi non tentò nemmeno di farmi cambiare idea conoscendomi e sapendo quanto ero testarda e quanto ero risoluta a fare quello che avevo deciso.

Così, dopocena andai in bagno a prepararmi per la notte, con una toilette accurata, come facevo peraltro tutte le sere prima di andare a dormire e poi di corsa andai in sala a chiamarli.

Erano seduti in silenzio sul divano, si tenevano per mano e i loro sguardi erano persi nel vuoto.

Non so se avessero affrontato questo argomento tra di loro, ma erano totalmente disorientati dalla mia iniziativa e poi questo mio entusiasmo, questa mia euforia, questa mia gioia per una cosa che era fuori della morale comune, ma che io nella mia ingenuità di ragazzina con comprendevo, li aveva meravigliati e forse anche un po' affascinati.

In fondo mi volevano un bene dell'anima, come io lo volevo a loro; mi avevano sempre trattato come una principessa, ma non per questo mi avevano viziato. Avevamo un rapporto talmente bello, spontaneo, naturale, pulito e libero, che probabilmente questa mia richiesta formulata in piena autonomia da parte mia, con tanta ingenuità e senza alcun pudore, li aveva sorpresi e completamente disorientati.

Io invece ero determinata e incalzante.

« Mamma, papà, venite con me, su andiamo in camera. »

Li presi ambedue per mano e li feci alzare poi esordii.

« Stasera sarà la più bella serata della mia vita, papà si prenderà la mia verginità. Sono felice, felice, felice. Anche voi dovete essere contenti. Stasera avverrà una cosa bellissima, è vero, mamma? E poi mamma, tu mi devi insegnare tutto, ed è bello che tu m'insegni queste cose con mio padre. »

E così dicendo li trascinai nella loro stanza da letto.

Il letto era in ordine, con un lenzuolo bianco latte, perfettamente stirato che lo copriva interamente. Le lampadine delle due abat-jour emanavano una luce calda e soffusa, la portafinestra semiaperta lasciava entrare la fresca aria estiva della sera, dopo una notte di temporale e si sentivano le cicale frinire in giardino.

C'era un'atmosfera bucolica, per me idilliaca, romantica, perché sono sempre stata una donna romantica, dolce e paziente, ma non per questo una donna arrendevole; ero testarda e risoluta, portavo sempre a termine quello che mi ero prefissata di fare superando ogni ostacolo che si frapponeva al mio cammino, sempre.

I miei, invece, li vedevo tesi e imbarazzati, molto a disagio e altrettanto impacciati.

Per togliere quella sensazione di turbamento che avvertivo in loro, presi io l'iniziativa.

Con molta dolcezza e semplicità nei modi feci sdraiare mio padre in mezzo a letto e poi con naturalezza così esordii « adesso mamma aiutami, insegnami cosa devo fare. »

Mia madre mi guardava più stupita della mia intraprendenza che sbalordita per quello che stava avvenendo. Quanto più lei era a disagio per quello che stava succedendo, tanto più io ero spigliata e disinvolta, decisa, fortemente decisa a fare ciò che avevo detto.

Mio padre era silenzioso; si certamente a disagio anche a lui, turbato? ... forse meno, anzi al contrario devo dire sicuramente eccitato: aveva il pene duro e ritto.

A quella visione, a mia madre scappò una sola parola: « Jérôme! »

Lui, se da un lato era indiscutibilmente imbarazzato, dall'altro era altrettanto sessualmente eccitato e il suo 'coso' era la più chiara testimonianza del suo stato.

La situazione era surreale, sicuramente irrazionale ma per me elettrizzante. Mio padre sdraiato supino con le gambe larghe al centro del letto e con il cazzo duro e turgido in piena erezione, gonfio, carnoso, sodo, sfolgorante per bellezza in tutta la sua enormità con – e qui devo dire che una manina furbetta ci aveva messo lo zampino – il glande tumido e scoperto, rosso fuoco; faceva veramente impressione.

Io, nel frattempo, mi ero seduta in ginocchio tra le sue gambe in euforica attesa. Mia madre seduta sul letto ci guardava sbalordita, soprattutto per la mia intraprendenza, e anche sorpresa per la reazione di mio padre che comunque mostrava più o meno consciamente la sua eccitazione, sconcertata non sapendo né cosa dire né cosa fare.

Invece io ero fermamente decisa a raggiungere il mio scopo e fui io che ruppi il ghiaccio.

« Dai, mamma, vieni qui vicino a me e dimmi come si fa, cosa devo fare io » e così dicendo mi sollevai e mi misi a cavalcioni di mio padre, in ginocchio in corrispondenza del suo pene che si ergeva maestoso tra le sue gambe in mezzo alle mie e davanti a me. Lo avevo a pochi centimetri dalla mia pancia e dalla mia vagina vergine e pura.

Solo allora mia madre emise un lungo sospiro e poi le scappò dal profondo dell'animo « Violetta, Violetta cosa mi stai facendo fare. »

Mia madre era la donna più buona del mondo, dolce, sensibile, amabile; una donna gentile e adorabile, sempre allegra e disponibile con tutti. Bella, bellissima, un viso dolcissimo dai lineamenti aggraziati, due occhi scuri, profondi che catturavano gli sguardi, capelli ricci colore rosso naturale, un rosso ramato scuro; e poi, un corpo da favola, magra quel tanto che bastava a rendere il suo corpo sinuoso, con un vitino da pin up, un seno maestoso, una quarta piena, e un sedere sodo e rotondo da urlo. Due gambe lunghe e due cosce scolpite nel marmo completavano quel corpo sublime. Una donna bellissima che faceva girare la testa agli uomini, soprattutto quando eravamo in spiaggia; un corpo splendido e meraviglioso, come meraviglioso era il suo animo e il suo carattere, e la sua disponibilità verso tutti.

Io, intanto, seduta cavalcioni di mio padre, sprizzavo entusiasmo da tutti i pori, e non lo nascondevo anzi lo davo a vedere con un sorriso da orecchio a orecchio. Aspettavo solo con ansia che mia madre mi aiutasse a conoscere il sesso.

Allora mia madre, si fece forza; come sempre e com'era sua abitudine, sapeva sempre come prendere il toro per le corna e risolvere le questioni più spinose.

Si mise dietro di me, anche lei a cavalcioni di mio padre, mi fece inginocchiare più avanti, poi mi prese i fianchi con le mani e lentamente mi accompagnò e fece scendere il mio corpo verso quel pene maestoso che svettava ritto, gonfio e duro come un palo.

« Ora ascoltami Violetta, è la prima volta che fai questa cosa e la prima volta probabilmente ti farà male perché sarai deflorata e ti sarà lacerato l'imene; tu aiutati con una mano e appoggia il glande alle labbra della vagina. Fai attenzione e soprattutto muoviti piano, non essere impaziente altrimenti sentirai male. Non ti preoccupare se uscirà un po' di sangue, la prima volta è normale. »

Poi tenendomi sempre per i fianchi per paura che sentissi male accompagnò il mio corpo nella mia prima penetrazione.

Lo ammetto, alla deflorazione sentii male. Emisi un gemito quando il glande lacerò l'imene, ma strinsi i denti e non piansi.

Mio padre fu fantastico non spinse con forza ma fece in modo che il suo pene scivolasse lentamente dentro la mia vagina, cosa che avvenne non senza fatica perché lui aveva un pene indubbiamente grosso.

Io sentii quella cosa enorme entrare piano piano dentro di me; sembrava non finisse mai. Scivolò lentamente dentro la vagina, centimetro dopo centimetro, con una penetrazione lentissima fino in fondo al canale vaginale. Poi si fermò.

Io mi sentivo piena, con una cosa gigantesca che spingeva dentro la mia pancia.

Ero soddisfatta, provavo un piacere incredibile a sentire la fica piena.

Il pene di mio padre premeva contro le ovaie e mi dava una sensazione di appagamento totale.

Mia madre sottovoce, cercando di non farsi sentire da me, disse con una esclamazione di stupore:

« Jérôme… è entrato tutto! »

Io che avevo sentito, toccai a mia volta con le dita la vagina e il sesso di mio padre e mi resi subito conto che era vero; allora mi uscì spontanea dal cuore una esclamazione di gioia e soddisfazione.

« Papà, papà è entrato tutto! »

Mio padre durante tutto questo non aveva proferito parola, si era adeguato con un misto di arrendevolezza, accettazione del fatto, ma anche un fondo di compiacimento – e perché no forse anche di piacere – per quanto stava succedendo; infatti, era molto eccitato anche lui.

Sentivo il suo pene durissimo pulsare dentro di me.

Io ero tutta accaldata, rossa in viso e avevo sudori freddi, tremore, perché mi sentivo la vagina enorme, e una cosa dura che spingeva nella mia pancia, ma nonostante ciò avevo un'espressione di immensa felicità.

Mia madre nel frattempo si era seduta fianco a noi e mi guardava meravigliata per questa mia contentezza e con tanta tenerezza mi disse « Violetta, Violetta cosa mai abbiamo fatto. »

Io la guardai con un sorriso di riconoscenza e dissi:

« Mamma, papà, sapete è… è… bellissimo. Grazie, grazie, grazie. Mi piace quello che abbiamo fatto, e sono contenta di aver donato la mia verginità a papà. Sono la ragazza più felice del mondo! »

E poi, sconvolgendo definitivamente la loro sensibilità e il loro animo di genitori, con una sfacciataggine e una spregiudicatezza che non avrei mai immaginato avere continuai « e adesso papà devi fare la stessa cosa che fai con la mamma, perché vi ho visto farlo e voglio farlo anche io come voi. »

E così dicendo sollevai il bacino, e fatto fuoriuscire di poco il pene dalla vagina, iniziai un movimento lento, un dolce su e giù, come mi era già capitato di vedere di nascosto fare a loro. Devo dire che mio padre superò l'imbarazzo della mia sfrontatezza e in un attimo si adeguò subito ai miei movimenti incerti e goffi; quindi prese lui l'iniziativa e iniziò a… la parola esatta è… scoparmi, e io a mia volta mi armonizzai al suo ritmo.

Un dolce e piacevole su e giù.

Sentivo il suo pene strofinare la mia vagina, e lo ammetto provavo una strana sensazione di piacere.

Mia madre ci guardava sconvolta e totalmente smarrita, e mormorava tra sé e sé « Jérôme, Violetta… santo cielo!… state… scopando! »

Lei non era arrabbiata, piuttosto disorientata per tutto quello che era successo in così breve tempo, ma il suo cuore di mamma stava comunque prevalendo su tutto, sulla moralità, sull'educazione, sul pudore, sulla decenza. In cuor suo, il suo grande amore per mio padre e per me le aveva fatto accettare questo passo estremo: ora non ero più illibata e l'artefice era stato mio padre.

Mia madre complice dell'incesto.

Ed è così che mio padre mi tolse la verginità e per la prima volta mi fece scoprire il sesso; ma sarà stato per la situazione particolare in cui mai avrebbe immaginato di trovarsi e che probabilmente psicologicamente lo frenava, sarà stato anche per la presenza di mia madre che stava osservando tutto, insomma, non riusciva ad avere un orgasmo per cui il rapporto sessuale durò tantissimo.

Mia madre ci guardava, da un lato con le lacrime agli occhi perché anche lei era stata partecipe di quell'incesto, dall'altro guardava il mio viso che ingenuamente sorrideva felice e con uno sguardo pieno di gratitudine nei loro confronti e diceva « è bello mamma, è bello, sono contenta! »

Io lo ammetto provavo un piacere strano, il dolore per la deflorazione era scomparso del tutto, cancellato da quel piacevole strofinio del pene di mio padre che si strusciava dentro la mia vagina. Non so nemmeno se ho goduto, non so neanche se ho avuto il mio primo orgasmo. In realtà non so cosa mi stesse succedendo, era una situazione di piacevole estasi, ma mi sentivo tesa, avevo vampate di calore, ero tutta rossa in viso e sudavo. Avevo tremiti e sbalzi di pressione, ma mi piaceva, eccome mi piaceva, avrei voluto che non finisse mai.

E in effetti, tutto durò tantissimo tempo, forse più di un'ora; sentivo spingere il suo cazzo dentro di me ed ero tutta frastornata, ora anche mio padre aveva preso l'iniziativa e mi pompava la fica con vigore, mi dava colpi forti che sembrava mi dovessero sfondare tutta dentro, poi avvertii una sensazione strana, che diventerà per me ricorrente tutte le volte che ho un rapporto sessuale.

A un certo punto lo sentii spingere con forza dentro la vagina, lo sentii tutto dentro l'utero, avvertii il pene che spingeva contro le ovaie, poi come ingrossarsi e diventare ancora più grosso e infine pulsare dentro di me: stava eiaculando.

Uno, due, tre, quattro, cinque, persi il conto delle pulsazioni e degli schizzi: dovette aver eiaculato tantissimo. Poi si fermò, e lo sentii dire: « sono venuto, accidenti sono venuto dentro, scusami Violetta non ho saputo controllarmi. »

E in quel momento mia madre fu pronta nella risposta per sdrammatizzare la situazione. Perché mia madre era una donna eccezionale che sapeva come uscire dalle situazioni più imbarazzanti.

« Stai tranquillo Jérôme, Violetta non ha ancora avuto la prima mestruazione... non succederà nulla. »

Io ero al settimo cielo. Mio padre mi aveva deflorato, mi aveva tolto la verginità, mi aveva scopato e aveva eiaculato dentro di me, aveva goduto a fare sesso con sua figlia.

Allora mia madre aggiunse.

« Brava Violetta... ci sei riuscita, hai perso la verginità e hai ottenuto quello che volevi. Sei stata deflorata da tuo padre - e con un po' di velata amarezza che si avvertiva dalla sua voce -, avete fatto sesso, avete scopato, ora ti puoi alzare e farlo uscire. »

Io ero in estasi, accaldata ed esausta, compiaciuta per quello che era avvenuto, ma sempre più sfacciata aggiunsi:

« Mamma... mamma! Ma è ancora duro, lo sento duro, grosso, gonfio, rigido... lo sento enormemente grosso tutto duro dentro fino in pancia, è una sensazione stranissima mi sento piena come avessi mangiato chissà cosa. Perché farlo già uscire?... ti prego mamma fallo stare ancora un po' dentro... ti prego... ti prego mamma! »

Benedetta ragazza pensò tra sé e sé mia madre: sfrontata e totalmente priva di pudore. Senza ritegno e senza vergogna.

Ma il suo amore verso di me era talmente grande che questo mio agire non avrebbe mai scalfito il suo cuore e sminuito il suo amore verso la sua bambina.

« Mamma, forse papà vuole continuare altrimenti non avrebbe il pene così grosso e ancora durissimo, mi sembra che mi esploda la fica, vero mamma che si dice così? Si chiama fica, vero mamma? Me lo hai detto tu che dopo l'atto sessuale il pene dell'uomo perde l'erezione e si affloscia, invece quello di papà è ancora duro, anzi durissimo! ... lo sento ancora pulsare dentro la pancia! »

Lei guardò mio padre con un misto di indulgenza e comprensione, ma con tanta amorevolezza, e le uscì solo una esclamazione: « Jérôme! ».

Lui le rispose con un sorriso e un balbettante « Cléo, sono senza parole anche io, non so cosa stia accadendo. »

Io li tolsi subito dall'imbarazzo.

« Una cosa bella papà, hai il tuo 'coso' – cazzo sottolineò la mamma con un sottile velo di leggera amarezza –, sì papà il tuo... – e qui io scandii bene le parole per sottolineare il piacere che provavo in quello che stava succedendo – c a z z o dentro la mia f i c a ! »

E poi, cogliendo entrambi alla sprovvista aggiunsi:

« Dai papà, ricominciamo. Mi piace questa cosa che abbiamo fatto stasera. Voglio rifarla. »

Una dodicenne sfrontata e svergognata, io non avrei mai pensato di essere così. E così dicendo iniziai io a pompare il suo cazzo nella mia fica e lui si adeguò subito ai miei movimenti.

Mia madre era completamente disarmata e senza più la forza di dire alcunché. Ci guardava con un misto d'incredulità e sbigottimento, ma il suo volto e soprattutto i suoi occhi trasmettevano comunque Amore.

Allora ricominciammo a scopare, con altrettanta energia ma questa volta senza più freni inibitori ne tantomeno psicologici.

Ammetto che la seconda volta mi piacque di più.

E mi sconvolsi nuovamente: accaldata, sudavo e ansimavo, rossa in viso ero tutta un bollore e avevo tremiti e sudori freddi, gemevo e sospiravo nel sentire quel coso enorme che spingeva dentro di me. La cosa che più mi stupii è che… entrava tutto dentro!

Il membro di mio padre era notevolmente grosso e la mia vagina e il mio utero di ragazzina immatura aveva accolto un cazzo lungo quasi ventiquattro centimetri e grosso, grosso, grosso… esageratamente grosso. Mi sentivo, infatti, la vagina enorme, dilatata e soprattutto piena.

Questa volta durò meno ma letteralmente esplose dentro di me; lo sentii prima spingere talmente forte dentro il mio ventre che quasi sobbalzai, e immediatamente dopo pulsare ed eiaculare sperma e liquido seminale in quantità.

Sarà stata la tranquillità di sapere che non sarebbe successo niente, non c'era la minima possibilità che rimanessi incinta, non ero ancora fertile, sarà stata l'eccitazione di quello che stavamo facendo, ma mio padre ebbe nuovamente un'eiaculazione eccezionale, non la smetteva più di pulsare e schizzare dentro di me sperma e liquido seminale.

Solo quando avvertii perdere turgidezza al suo pene, mi sollevai, con un po' di disappunto devo dire, e sentii colare liquido in quantità, sangue poco o niente, sperma e liquido seminale tantissimo lungo le cosce e le gambe. Infatti, avevo ancora dentro di me quello della prima eiaculazione oltre a quello della seconda: quanta roba stava uscendo e colando sulle mie gambe e sul letto.

« Mamma, mamma sta sporcando tutto! ».

Mia madre con quel modo di fare dolce e affettuoso mi tranquillizzò subito:

« Stai tranquilla Violetta, non è nulla. È naturale che esca tutto, te l'ho spiegato ricordi? Il seme dell'uomo non resta dentro, esce tutto » e io la incalzai stupita « guarda mamma è tantissimo! ».

Lei mi guardò e sorrise, consapevole di questo per sua esperienza diretta.

Si mio padre ha sempre avuto delle eiaculazioni copiose come peraltro mio figlio Jean-Jacques, la mia amica Jacqueline dice sempre - sorridendo - che Jean-Jacques eiacula come uno stallone e se non stai attenta in certe situazioni, ti toglie il respiro e ti soffoca con così tanta roba. Ed è vero, questo lo posso testimoniare anch'io, ci devo mettere impegno per ingoiare tutto e nello stesso tempo non soffocare. Tale padre, tale figlio; in tutto e per tutto, anche se devo costatare che Jean-Jacques è sicuramente più dotato di suo padre e il suo cazzo quando è in piena erezione fa veramente impressione, se non paura per quanto è grosso.

Sfinita, mi sdraiai sul letto accanto a mio padre, e mia madre a fianco a me.

Ero in mezzo a loro, ed ero felice.

La felicità era evidente nel mio viso e nei miei occhi e questa sensazione di benessere si avvertiva nell'aria, avevo un viso solare e uno sguardo sognatore e riconoscente: no, non avevamo fatto una cosa sporca e immorale, avevamo solamente esaudito un mio desiderio, con complicità e tanto amore.

Io manifestavo una gioia immensa che mi usciva dal cuore e dall'anima e lo davo a vedere facendo grandi sospiri di soddisfazione. Mio padre era frastornato ma anche provato, credo avesse dato il meglio di se.

Mia madre nel vedermi così soddisfatta era amorevolmente felice, mi abbracciò e mi baciò con infinita tenerezza e amore. In fondo ero ancora la sua bambina.

« Ora Violetta non mi porterai via il marito » mi disse ridendo, abbracciandomi e baciandomi in viso; e mio padre aggiunse « Cléo, ho la sensazione che se queste sono le premesse, nostra figlia darà del filo da torcere agli uomini che le attraverseranno la strada. »

Io ero talmente contenta che non trovai parole per esprimere tutta la mia gioia, ma ero talmente esausta perché la prova mi aveva spossato che mi addormentai subito, senza nemmeno pulirmi con ancora liquido che colava dalla vagina sulle lenzuola.

Quella fu la mia prima volta, la prima volta che ho conosciuto il sesso, la prima volta che ho goduto un cazzo dentro il mio corpo, la prima volta che ho scopato e la ricorderò come la più bella esperienza della mia vita, incisa in modo indelebile nella mia mente, un solco profondo e duraturo nel mio cuore e nel mio animo.

Devo ringraziare i miei genitori per quanto mi hanno concesso e mi hanno permesso di fare.

È stato l'atto d'amore più bello di tutta la mia vita.

IV

C i svegliò la mattina dopo un caldo raggio di sole, accarezzando i nostri corpi nudi attraverso il vetro della portafinestra e tracciando una linea luminosa all'interno della stanza da letto.

La portafinestra leggermente socchiusa faceva entrare la fresca aria del mattino e si sentivano gli uccellini cinguettare in giardino.

Al mio risveglio i miei genitori erano ancora accanto a me. Io sdraiata tra loro sentivo il contatto e il calore dei loro corpi, mia madre con un braccio mi cingeva la vita quasi a proteggermi.

Non si erano alzati, avevano pazientemente atteso in silenzio che io mi svegliassi.

Io aprii gli occhi e li guardai felice, loro sorridevano sereni osservandomi con tenerezza e amore. I miei due occhioni sprizzavano felicità, li abbracciai e baciai, la mia bocca non disse nulla ma il mio cuore parlò loro attraverso i miei occhi.

Io li amavo, quanto li amavo!

La nostra vita riprese normalmente.

Le nostre sane abitudini e i nostri costumi non cambiarono per nulla dopo quella notte.

Continuammo a fare le stesse cose che facevamo prima come se nulla fosse accaduto.

Come se tutto fosse stato un sogno.

Non ci furono discorsi, né spiegazioni, nulla fu cancellato ma ognuno di noi ripose nel proprio cuore quella esperienza. Nessuno dei miei genitori, sono convinta, dimenticò quella notte o volle calare un velo per nascondere un'esperienza fuori del comune; ne tantomeno io che l'ho conservata nel mio cuore e nel mio animo come il dono più bello che loro potessero farmi.

Dopo quella notte, però, il mio atteggiamento nei confronti di mio padre divenne sempre più amorevole e smaliziato.

Più intraprendente e sfrontata, cercavo sempre più spesso il contatto fisico di giorno e con scuse sempre diverse andavo a dormire con loro.

Mi piaceva sedermi a gambe larghe in braccio a mio padre dandogli la schiena, godere del piacere di sentire il calore della sua pelle, appoggiare la mia vagina sul suo coso che pulsava e si induriva.

Lui mi teneva con le sue forti mani le cosce per non farmi scivolare, allora io gli prendevo le mani e le avvicinavo all'inguine, facendogli sfiorare il mio pube gonfio e polposo con le sue dita.

Provavo un'ebrezza indescrivibile.

Questo mio atteggiamento da ninfetta in calore fu il preambolo al sesso.

Infatti, capitò alcune volte che in assenza di mia madre io abbia approfittato di mio padre.

Senza premeditazione, ma con prontezza nel cogliere il momento opportuno.

Durante la settimana poteva capitare che mia madre uscisse con le amiche, per una cena, la visione di un film al cinema o piuttosto una serata a teatro.

In quei frangenti rimanevo sola a casa con mio padre, che restava volentieri a casa a farmi compagnia.

Solitamente guardavano la televisione assieme, mio padre era appassionato di film e io abbracciata a lui mi godevo quelle serate.

Non passò comunque molto tempo da quella sera che io, approfittando del fatto che mia madre era uscita con le sue amiche e io ero rimasta sola in casa con mio padre, davvero abusai, in senso buono del termine, di lui.

Dopo cena, mentre lui stava guardando la televisione seduto sul divano in salotto, mi avvicinai e mi sedetti cavalcioni delle sue gambe. Lo facevo spesso, ma questa volta gli mostravo il viso.

La calda luce della lampada sul tavolino emanava un senso di serenità, nonostante il film fosse un poliziesco incalzante nella trama e negli avvenimenti, tanto da tenere desta l'attenzione di mio padre.

Io, invece, provavo una voglia strana.

Il mio corpo si stava formando, un accenno di seno, un fisico ancora esile da ragazzina, un pube liscio e carnoso, due cosce e un sedere sodo da palpare.

Il fatto di praticare il naturismo anche nella casa di Nizza, atteggiamento che ormai sempre più spesso si era tramutato in una piacevole abitudine, era un ulteriore strumento a mia disposizione per attuare i miei propositi.

Con modi disinvolti, feci in maniera di sedermi in modo tale che il suo pene fosse il più possibile a contatto della mia vagina.

Questa nostra sana abitudine di vivere il naturismo a casa nostra facilitava non poco questo mio agire da ninfetta viziosa.

Lo abbracciai e stetti avvinghiata a lui godendo del contatto fisico del suo corpo. Lui, come sempre subiva questa mio affetto oltremodo disinvolto, ma il contatto del suo fisico con un corpo da adolescente non lasciò indifferente il suo pene che iniziò a indurirsi e, schiacciato dal mio peso, iniziò a premere contro la mia vagina.

Io colsi l'attimo e con fare molto disinvolto e atteggiamento un po' sfrontato gli dissi:

« Papà… mi sa che qualcuno qua sotto forse vorrebbe… fare qualcosa. »

« Cosa c'è Violetta? Non capisco cosa vuoi dire. »

« Dai papà non senti come pulsa? Non sarebbe meglio se lui potesse distendersi comodamente? »

Le mie allusioni avevano accentuato la sua eccitazione e ora sentivo il suo pene duro che spingeva contro il mio pube.

« Dai papà... non senti che c'è qualcosa di duro tra di noi? – e con sfrontatezza aggiunsi - Dai papà, non senti che il tuo cazzo è duro, perché non lo infili dentro la mia fica? »

Lui con stupore e piuttosto imbarazzato aggiunse.

« Ma Violetta cosa dici! Non sono cose da dire e da fare? E se ci vedesse tua madre! »

« Papà, mamma non c'è, sai che verrà tardi come sempre e quindi... » lasciando in sospeso quali erano le mie intenzioni.

Il mio atteggiamento spavaldo aveva però già incrinato le sue deboli difese.

« E se la mamma lo viene a sapere? »

« Papà, se non glielo dici tu, io sicuramente non le dirò niente. »

Ormai avevo perso ogni freno inibitore.

Mi sollevai quel tanto da fare in modo che il suo cazzo si rizzasse per bene e poi con spigliatezza, lo presi con una mano, avvicinai la cappella alle labbra della vagina e dissi:

« dai papà infilalo dentro, senti che ne ha voglia anche lui. »

Devo dire che mentre io scendevo con il corpo e favorivo la sua penetrazione, lui non fece alcuna resistenza.

Anzi!

Lo sentii entrare e allargare la vagina già bagnata per l'eccitazione. Il suo enorme cazzo stava scivolando dentro di me, e un po' alla volta entrò tutto.

A questo punto ero nuovamente seduta sulle sue gambe ma il suo cazzo era entrato tutto dentro il mio ventre e lo assaporavo in tutta la sua grossezza spingere in pancia.

Mi sentivo piena di lui.

Una sensazione bellissima.

Senza dire nulla lo abbracciai e rimanemmo in silenzio per più di mezz'ora mentre in televisione il film era terminato e ora scorrevano nella nostra ormai piena indifferenza le immagini di un documentario sui costumi sessuali – neanche a farlo apposta - dell'antica Pompei.

Io godevo per quella penetrazione, mi piaceva sentirlo pulsare dentro di me. La sensazione di quel coso enorme che mi riempiva la fica fino in pancia era meravigliosa.

Con la testa appoggiata alla sua spalla, cingendogli il collo con le mie esili braccia, sospirai di soddisfazione e felicità.

« Che bello, papà », furono le uniche parole che uscirono dalla mia bocca.

Lui, da un lato era imbarazzato, dall'altro sentivo il suo coso vibrare dentro di me, segno che la cosa non lo lasciava per nulla indifferente.

« Violetta, Violetta, se ci vedesse la mamma. »

« La mamma non c'è, e poi lei è stata d'accordo a farmi deflorare da te, e quindi… », e così dicendo inibii ogni sua possibile reazione.

Ero sfrontata e sfacciata ma felice nel sentire quel coso enorme che fremeva dentro di me, e mi piaceva avere la vagina tutta dilatata tanto da togliermi il respiro.

Non avevo più freni inibitori.

« Dai papà, perché non mi scopi? »

A questa mia perentoria affermazione, lui rosso in viso non rispose, ma dopo qualche attimo comincio lentamente a pompare il suo cazzo dentro di me, prima lentamente poi con sempre più foga.

Io ero in estasi.

Sentire che coso enorme che scivolava dentro di me e spingeva contro il fondo del mio utero, mi dava un senso di appagamento incredibile.

Piano piano, colpo dopo colpo, cominciai a sentire caldo, sempre più caldo diventai quasi subito rossa in viso per il calore che mi saliva in tutto il corpo e sudavo, avevo un po' di palpitazioni per l'emozione e l'eccitazione, ma ero raggiante per quello che stavamo facendo.

Devo dire che non durò molto, l'eccitazione fu forte anche per lui; dopo un quarto d'ora, forse, dopo aver pompato e martellato il suo cazzo nella mia fica con colpi che mi squassavano tutta dentro, lo sentii ingrossare e poi pulsare.

Stava eiaculando!

Una due tre, tante pulsazioni, tanti schizzi, una quantità di sperma enorme mi riempì la fica. Quando finalmente cessò di rilasciare liquido seminale dentro di me, feci un lungo sospiro di soddisfazione.

Io non avevo avuto un orgasmo, forse non sapevo ancora cosa avrei provato in quel frangente, ma ero soddisfatta e appagata. Sapermi piena dei suoi umori era il massimo che potessi desiderare.

Il suo cazzo, intanto, era ancora turgido dentro di me.

« Papà, è stato bellissimo, vero? »

Lui rimase in silenzio, forse per una forma di pudore per quello che aveva fatto in assenza di mia madre.

« Lo senti? È ancora duro. Mi sa che ne ha ancora voglia », aggiunsi io ridendo.

Lasciai passare qualche minuto, poi sentendo ancora quel coso gonfio e carnoso che spingeva dentro il mio utero, iniziai io a… scoparlo. Con un lento su e giù facendo scivolare il suo cazzo fino a farlo uscire quasi completamente e poi spingendolo con forza dentro di me,

V

Il destino volle comunque mettermi subito alla prova. Infatti, la sera dopo il caso volle che mia madre uscisse nuovamente con le sue amiche per uno spettacolo a teatro.

Io, colsi l'attimo e approfittai subito dell'occasione. Lasciai passare un po' di tempo per accertarmi che mia madre per una qualsiasi ragione non stesse per tornare indietro, guardando dalla terrazza se si era allontana in auto come aveva detto, e poi raggiunsi mio padre che in cucina stava sorseggiando il caffè.

Era nudo appoggiato al piano della cucina vicino alla caffettiera ancora fumante e teneva in mano la tazzina.

Nudo, con un corpo scultoreo, bello da far sognare ogni donna.

« Papà, mamma è uscita, non ti viene in mente che potremmo fare qualcosa di piacevole? »

Lui mi guardò, subito non capendo cosa volessi dire. Poi credo fece mente locale e, allora, io intuii che aveva capito cosa io intendevo con quella frase ermetica e dove volevo arrivare.

Io con decisione e fare perentorio lo incalzai: « Si, si, papà, dai stasera scopiamo! »

Lui accennò un timido « Ma Violetta! »

« Dai papà, non fare il timido, adesso scopiamo, voglio che mi insegni a fare sesso, insomma a scopare come si deve. »

E così dicendo lo presi per mano e letteralmente lo trascinai in camera mia.

Lui mi seguì come un automa, il suo 'coso', invece, reagì subito alla mia provocazione e iniziò a sollevarsi. Mio padre è sempre stato sessualmente iperattivo, bastava solo accennare al fatto di… e gli si rizzava l'uccello.

Mi sdraiai supina sul mio letto, spalancai le cosce mettendo in mostra il mio pube gonfio e carnoso, perfettamente liscio, e una fica rosea, già bagnata dal desiderio.

Lui mi osservò in silenzio, forse ammirava tanto bellezza, forse era imbarazzato per quello che nuovamente gli avevo chiesto di fare. Il suo uccello, invece, dimostrava il suo totale compiacimento svettando dritto e turgido, grosso e gonfio; si vedevano le vene pulsare.

Si, lo ammetto, ero una bella ragazzina, ma una ragazzina nuda sdraiata sul letto con le gambe larghe che metteva in mostra il suo gioiello forse era ancora più bella.

Allora lo sollecitai.

« Su dai papà vieni sopra di me, scopami. »

« Violetta, Violetta se lo viene a sapere tua madre. »

« Papà, la mamma non c'è; quindi… »

E così dicendo allungai un braccio verso di lui, lui mi prese la mano, io lo tirai verso di me e lui si sdraio sul mio esile corpo. Sentii il suo peso, anche se con le braccia cercava di non gravare sul mio corpicino di ragazzina.

Il suo uccello si avvicinò alla mia vagina, sentii il glande appoggiarsi alla fessura e poi delicatamente spingere e farsi largo dentro divaricando le labbra del mio gioiello.

Era la prima volta che mi prendeva in quel modo.

Piano, piano con molta delicatezza mi penetrò.

Io mi gustai quella penetrazione che sembrava non finisse mai.

Sentivo la vagina dilatata e una cosa durissima e grossa che s'insinuava dentro di me. Entrò tutto, fino allo scroto, non un centimetro del suo cazzo era rimasto fuori.

Che bella quella esperienza di penetrazione.

Io emisi un lungo sospiro di soddisfazione.

Mi sentivo piena e soddisfatta.

Lui stette così un po', poi io insistetti e lo invitai a iniziare.

« Dai, su, papà, scopami. »

A quel punto cedette e cominciò a pompare il suo cazzo nella mia fica. Il suo cazzo entrava e usciva ritmicamente dalla vagina, dandomi brividi di piacere.

Io ero affascinata da quel movimento, sentire il suo cazzo che si strusciava dentro di me e a ogni colpo sembrava affondasse sempre più dentro, mi dava un senso di gioia e appagamento totale. Credo che uno dei piaceri che più mi ha accompagnato e mi accompagna ancora nella vita quotidiana è la penetrazione vaginale.

All'aumentare del ritmo lo sentii spingere sempre più a fondo all'utero, premere contro le ovaie; una sensazione nuova, sicuramente piacevole, anche se un po' dolorosa perché quel membro enorme sembrava mi entrasse in pancia. Avevo la vagina enorme, dilatata tantissimo, ma completamente bagnata, godevo di quella penetrazione e il suo cazzo che entrava e usciva con facilità lo percepiva e trasmetteva a mio padre il mio senso di piacere.

Lui era altrettanto eccitato e lo capivo dall'intensità e dalla regolarità dei suoi movimenti.

Colpi sempre più forti che affondavano il suo enorme cazzo dentro il mio esile corpo.

La penetrazione durò molto, e io attimo dopo attimo mi sentii sempre più accaldata e scossa da quello sbattimento.

Sudavo e avevo i miei soliti tremori e brividi di piacere.

Poi all'improvviso lo sentii premere a fondo nell'utero, sembrava volesse uscirmi dallo stomaco e dalla bocca. S'ingrossò, cominciai allora ad avvertire quella strana sensazione che precede l'eiaculazione, e che poi sarà per me un momento di sublime piacere, e alla fine proruppe in una serie si schizzi che inondarono la mia fica di sperma e liquido seminale.

Anche questa volta non avevo provato l'orgasmo, ma la sensazione di piacere era stata comunque immensa.

Lui si sollevò solo dopo che ebbe finito di eiaculare l'ultima goccia, anche perché io lo tenevo stretto a me cingendogli il collo con le braccia. Solo quando avvertii che il suo uccello stava perdendo turgidità, lasciai la presa.

Mi andai a ripulire in bagno, colavo seme in quantità.

Lui nel frattempo si era ricomposto ed era andato a riposarsi sul divano in salotto.

Poi lo raggiunsi, era seduto sul divano, in fondo era un poco provato anche lui, per più di un'ora aveva pompato il suo cazzo nella mia fica.

Mi accolse con un sorriso e proruppe in un benevolo rimprovero: « Violetta, sei tremenda! »

Io ricambiai il suo sorriso, mentre il mio viso esprimeva tutta la mia gioia e la mia riconoscenza per quello che aveva fatto.

Senza dire nulla, mi avvicinai gli diedi un bacio sulla guancia e poi dissi: « Papà, vado a dormire, sono un po' stanca, ma ti assicuro che è stato bellissimo. Mi prometti che lo faremo ancora? »

Lui non rispose, ma il suo sorriso era più che una conferma.

Senza dirgli nulla, andai in camera loro e mi sdraiai in mezzo al letto sotto le lenzuola. Spensi la luce, aspettando che mia madre rientrasse, ed entrambi venissero a letto; cercai di dormire, ma ero talmente agitata ed euforica per questa nuova serata di sesso che non mi addormentai subito.

Il caso volle che non passò molto tempo e rientrò mia madre. Si fermò a parlare con mio padre, loro due discussero serenamente sottovoce e io non capii i loro discorsi; quindi mi raggiunsero nella stanza da letto, e se al buio non si accorsero di nulla, appena acceso un abat-jour videro che sotto le lenzuola c'era un fagotto.

Ero io.

Mia madre sospirò.

« Benedetta figliola, adesso ha preso l'abitudine di dormire con noi. »

Mio padre fece spallucce, in fondo a lui la cosa non gli dispiaceva per niente, anzi.

Quando mi raggiunsero a letto sotto le lenzuola, io facendo finta di nulla mi rigirai e diedi la schiena a mio padre accucciandomi tra le sue braccia.

« Guarda Jérôme – disse sottovoce mia madre, cercando di non farsi sentire da me - si rannicchia tutta nell'incavo del tuo corpo come faccio io. Manca solo che la cingi con il tuo braccio e le stringi un seno, come fai con me. »

« Ma Cléo, cosa dici. »

« Ma si, Jérôme, in fondo non c'è nulla di male, è tua figlia. »

Lui rimase un attimo in imbarazzo, poi allungò un braccio e mi strinse forte con una mano un seno, o meglio quell'accenno di seno che voleva ancora sbocciare, sfiorandomi con le dita il capezzolo.

Io emisi un lieve sospiro di soddisfazione, mio padre non se ne rese conto, ma mia madre si. Lei si accorgeva di tutto, probabilmente anche che non stavo dormendo.

Solo allora, mia madre spense la luce; io mi rannicchiai ancor di più contro il corpo di mio padre e avvertii il suo uccello nuovamente in erezione che premeva contro i miei genitali.

Feci un movimento accomodante, allargai leggermente le cosce spingendo il bacino verso il suo 'coso' e sentii la punta dell'uccello appoggiata alla fessura della vagina. Spinsi io con un movimento lentissimo quasi impercettibile, o forse spinse lui, in realtà non so bene cosa successe, fatto sta che il suo glande si insinuò dentro la mia fica bagnata che in un attimo lo risucchiò dentro con tutta l'asta dell'uccello.

Con la coda dell'occhio, nella penombra della camera illuminata dalla luce della luna che entrava dalla finestra, vidi che mia madre mi guardava. Sicuramente aveva capito tutto, anche se non sapeva cosa era successo prima che lei rientrasse.

Io mi ero acquietata, ero soddisfatta, avevo nuovamente il cazzo di mio padre dentro di me.

E così, di notte, con fare sempre più impudente sera dopo sera feci in modo con scuse sempre diverse di dormire con loro; spesso, sempre più spesso, e a letto cercavo il contatto con il sesso di mio padre.

Col passare del tempo questo mio atteggiamento divenne sempre più impudente e una sera istintivamente mi avvinghiai a lui e strinsi il suo pene con una mano. Lui si irrigidì, ma non disse nulla; mia madre era sdraiata a fianco a me e sentivo il contatto del suo seno contro la mia schiena, contatto piacevole che mi dava una sensazione di protezione.

Tenere il suo cazzo in mano era veramente piacevole, e dopo pochi attimi lo sentii ingrossare e diventare duro. Ero soddisfatta. Avere in mano quel coso duro, gonfio e carnoso mi dava una sensazione di immenso godimento, mi addormentai con il suo cazzo in mano.

Una notte dopo l'altra, questa divenne una mia piacevole abitudine, e mio padre mi lasciò fare senza obiettare, non facevo nulla se non tenerlo stretto in mano. In fondo forse faceva piacere anche a lui.

Io ero senza pudore, e ogni mio gesto era senza malizia, anche se ogni tanto ero un po' civettuola.

Stavo diventando una ninfetta spregiudicata e sempre più spudorata.

Facevo però tutto con naturalezza, senza malizia, con modi garbati.

Una ninfa gentile.

VI

La nostra vita da naturisti consapevoli e praticanti proseguì a Ramatuelle come d'abitudine e come d'incanto, sempre più spesso fino a diventare quotidianità anche nella casa a Nizza.

Prendere il sole nuda sul terrazzo non era più per mia madre un evento occasionale, una libertà che si prendeva di tanto in tanto; anche nella casa di città divenne usuale tornare a casa e mettersi in costume adamitico.

L'unico indumento che oramai indossavamo tutti e tre erano le… havaianas, le infradito.

Il clima piacevole della Costa azzurra favoriva questa nostro stile di vita. Una lunga primavera inframmezzata da una calda estate che in genere passavamo a Ramatuelle e sulla spiaggia naturista di Pampelonne, con alcuni giorni di temperatura più fresca d'inverno, che non abbiamo mai avvertito nella nostra caldissima e soleggiata casa di città.

La vita scorreva piacevolmente e il fatto che avessi donato la mia verginità a mio padre, alla presenza di mia madre e lei consenziente, aveva ulteriormente rafforzato il nostro rapporto familiare, con sempre più complicità e affiatamento.

I nostri corpi non trasmettevano sensualità o erotismo ma solamente naturalezza e libertà di pensiero e di costumi, ancora più dichiarata dopo ciò che era avvenuto.

Mia madre, donna intelligente e sensibile, aveva accettato quello che io avevo un po' prepotentemente forzato, ma era comunque consapevole di avermi fatto felice.

Mio padre si sentiva psicologicamente più libero, meno trattenuto anche in certe effusioni nei confronti di mia madre, effusioni che prima avrebbero potuto turbare una bambina e che ora, invece, lui poteva esternare, conscio che io avevo compreso il significato di dare e ricevere amore.

E se gli capitava di girare per casa con il pene in erezione, perché in fondo era un uomo ancora giovane con istinti sessuali molto forti, soprattutto con una bella donna come mia madre che stava nuda in casa, non aveva più soggezione nei miei confronti, anzi era più disinibito e disinvolto.

Io, d'altro canto, non ero per nulla in imbarazzo; non ero più la bambina indifferente al suo sesso che non faceva caso alla sua nudità. Lo ammetto, lo guardavo con occhi diversi, tra me e me godevo nel vedere quel cazzo duro, dritto, turgido - era uno spettacolo della natura - ma se provavo pulsioni sessuali le tenevo dentro di me nei miei pensieri e nel mio cuore.

Si, poteva capitare la battuta di spirito, quando succedeva che dormivo con loro: « Papà stai attento a chi infilzi stanotte » gli dicevo prima di addormentarci e mia madre sorridendo mi rimbrottava affettuosamente « Violetta fai la brava altrimenti non ti faccio più venire a dormire a letto tra noi - e poi aggiungeva – e tu Jérôme tieni a posto l'armamentario altrimenti te la faccio sognare per un bel po' di tempo. »

Mio padre sorrideva, compiaciuto; in fondo eravamo le sue donne, una con cui faceva sesso regolarmente, l'altra la sua bambina che aveva fatto diventare donna, e che aveva fatto gioire qualche volta di nascosto da mia madre, facendole provare il piacere del sesso.

In fondo, per me, quello che era avvenuto tra me e mio padre lo consideravo un peccato veniale; lui non toglieva nulla a sua moglie, anzi – al contrario – dava qualcosa in più a sua figlia.

E poi l'abitudine di dormire abbracciati mi faceva gioire della sensazione di sentire il calore della sua pelle e avvertire il suo cazzo pulsare contro il mio corpo mi dava un godimento fisico non da poco; non mi bastava, lo ammetto, ma ero comunque contenta di poter avere queste sensazioni e gioire di questi piacevoli attimi.

In fondo dopo quello che era successo, mia madre non mi aveva impedito di dormire con loro, anzi eravamo più vogliosi di stare vicini anche di notte.

Così la frequentazione del loro letto da parte mia divenne sempre più assidua.

Addirittura, certe sere, non chiedevo loro nemmeno il permesso, se ero stanca, andavo direttamente a letto, mi mettevo nel mezzo e aspettavo che venissero a dormire. Accadeva che mi addormentassi prima del loro arrivo, e quando anche loro erano sotto le lenzuola, mi appiccicavo a uno di loro, indifferentemente.

Anche se, lo ammetto, cercavo il cazzo di mio padre con sempre più frequenza e con naturalezza.

Se era floscio, con una mano lo aggiustavo in modo che se avesse avuto un'erezione si potesse sentire bene pulsare contro la mia pancia. Se invece era già tonico, non perdevo occasione per avvicinarlo alla mia vagina e fare in modo che il suo glande forzasse la resistenza di quella fessura.

In realtà non opponevo alcuna resistenza, mi bagnavo spesso, sempre più spesso, e come il glande si avvicina alla vagina e s'insinuava dentro, facevo sempre un movimento che favoriva la penetrazione e senza alcuno sforzo da parte sua la mia fica lo risucchiava tutto dentro. Solo allora, piena del suo membro, mi addormentavo soddisfatta.

Lui mi lasciava fare, tanto sapeva che sarebbe stato inutile protestare o cercare di impedirmelo.

Mia madre?… sospirava.

Sospiri di rassegnazione per queste mie iniziative.

Non so se fosse sempre stata consapevole di quelle innocenti penetrazioni, in fondo non avveniva null'altro, ma per me era una conquista favolosa e quando capitava l'occasione, non me la lasciavo sfuggire.

Io amavo dormire con loro nel loro talamo.

Mi piaceva la loro camera da letto.

Ampia, spaziosa aveva una parete vetrata con ante scorrevoli che dava sulla terrazza a sud, e illuminava la stanza a giorno, mentre la parete opposta era rivestita da un grande specchio che la copriva completamente e dava ancor più profondità alla stanza.

Nelle soleggiate giornate d'inverno il calore che entrava dalla finestra riscaldava non solo l'aria ma anche gli animi.

La luce irradiata da una cornice a soffitto variava in modo diffuso e soffuso, altrimenti intenso e solare.

Un letto semplice con una testata imbottita, due comodini, una consolle con una grande specchiera lavorata, tutto in stile Luigi XVI e un grande tappeto persiano completavano un arredamento semplice.

Il gioco degli specchi, illuminati dalla luce diurna del sole, da quella artificiale, o ancora meglio dai raggi lunari nelle notti di luna piena, creava un'atmosfera piena di sensualità.

Di notte poi la parete a specchio e la grande vetrata facevano un gioco di riflessi che permetteva di vedere ogni nostra azione da differenti punti di vista, in un ambiente pieno di incredibile erotismo.

Mi è sempre piaciuto vedere mio padre e mia madre fare sesso, poi vedere quegli attimi di sublime appagamento riflettersi negli specchi era eccezionale.

L'altra bellezza della loro camera era però il bagno privato, al quale si accedeva da un largo disimpegno aperto sulla cabina armadi dove mia madre coltivava la sua passione per gli abiti di gran classe e le scarpe.

Aveva una collezione di scarpe, tutte rigorosamente con i tacchi alti. Per lei era una bestemmia portare scarpe basse o sgraziate nella forma, soprattutto dei tacchi.

La salle de bain era una grande stanza con tutte le pareti rivestite con grandi specchi incorniciati con cornici ricoperte a foglia d'oro, con al centro una grande vasca idromassaggio rettangolare, tipo Hammam arabo - un vezzo di mia madre - con un bordo rivestito in tesserine di ceramica sulle tonalità dell'azzurro e verde acqua che proseguivano con continuità sul pavimento e sulle cornici che contornavano gli specchi a parete. Sembrava di essere in mezzo al mare, con un orizzonte infinito.

A lato, su una parete della salle de bain, altre porte scorrevoli in cristallo trasparente celavano i lavabi, la doccia e i servizi igienici veri e propri.

Mia madre aveva voluto che non esistesse assolutamente intimità tra loro, neanche quando si facevano i propri bisogni.

Anche l'ampia porta a due ante scorrevoli che dava nella stanza da letto era di vetro leggermente adombrato, per cui si poteva vedere dalla stanza da letto all'interno del bagno dove troneggiava la grande vasca dove ci stava comodamente in tre, e viceversa.

Spesso mio padre stava disteso a letto e guardava mia madre fare il bagno nella vasca. Altrettante volte, ho fatto il bagno con mia madre mentre mio padre divertito ci osservava da letto. Mia madre amava i grandi spazi, la luce, le trasparenze. Era una donna bella, pulita e onesta d'animo; completamente trasparente e sincera con tutti.

Qualcosa, comunque, nei loro costumi era cambiata. Non facevano più sesso in camera loro con le porte chiuse o le tende sull'ampia vetrata che oscuravano la camera; ora la doppia porta a vetri era sempre aperta, quasi fosse un invito a osservarli e devo dire che io quando potevo non persi mai occasione per guardarli fare l'amore.

Era per me un modo per imparare e forse involontariamente mia madre aveva voluto così; quante cose ho visto fare e quanto ha assorbito la mia mente di ragazzina curiosa. Non ho mai provato gelosia per mia madre, guardarli mi dava comunque una sensazione di benessere spirituale.

Scoprirò in seguito, su confessione di mio padre, che mia madre era sessualmente esuberante, in taluni casi… esagerata; scoprii anche che non disdegnava fare sesso anche con altri uomini e mio padre accettava benevolmente questo suo modo di comportarsi.

Lui la amava troppo.

D'altro canto mio padre era sessualmente iperattivo e insaziabile, per cui cercavano di comune accordo esperienze fuori del matrimonio ma vissute insieme con consapevolezza e complicità, senza gelosia ma partecipazione attiva.

Mia madre aveva una carica erotica e un'arte sopraffina nel fare l'amore e nel far godere gli uomini e le donne, si anche le donne perché non disdegnava nessuna forma d'amore.

Io, d'altro canto, cercavo di approfittare delle rare occasioni che avevo di restare sola a casa con mio padre per avere rapporti sessuali con lui, naturalmente non dicendo nulla alla mamma per paura di ferirla nell'animo, anche se credo che sapesse tutto quello che avveniva in casa in sua assenza.

E da quella sera, da quella prima volta, il mio amore per mio padre era cresciuto a dismisura, forse più di un amore filiale.

Un po' d'invidia per mia madre ogni tanto la provavo, perché lei faceva sesso con lui spesso, spessissimo e io invece no. Le mie erano occasioni rubate e col passare del tempo, sempre più rare, anche se devo dire che mio padre non si è mai tirato indietro. Ma io non ho mai dato a vedere questa mia gelosia nei confronti di mia madre e non sono mai stata in competizione con lei, anche perché io adoravo anche lei perché mi aveva permesso di fare quello che io reputavo un atto di amore infinito nei confronti di tutti e tre.

Loro ricambiavano il mio amore riempiendomi di attenzioni e coccole, e vizi, tanti vizi; e se ho fatto sesso con mio padre all'inizio saltuariamente, poi molto saltuariamente e quindi sempre più sporadicamente, fino quasi a smettere, devo dire che non ne ho sofferto.

Io godevo nel vederlo nudo, e lui non si vergognava più di girare per casa con il cazzo turgido.

Ogni tanto sentivo un « Jérôme, Jérôme se ti vede Violetta, poi le fai venire strane voglie », inconsapevole che le voglie le avevo e qualche volta me le ero tolte.

Io, in effetti, le voglie le avevo, eccome, crescevano ogni giorno di più diventando donna, ma le tenevo per me nel profondo del mio cuore. E poi vederli così felici e così affiatati, vederli fare sesso, perché non mi dicevano nulla se mi vedevano di nascosto guardarli, mi dava un senso di appagamento infinito.

Più diventavo grande più loro si prendevano i loro spazi, uscivano la sera e io restavo a casa da sola, ma non mi dispiaceva, avevo tante amiche e se non ero sola ero sempre in compagnia di qualcuna di loro.

Sesso con i miei amici? Non ne sentivo il bisogno, i ragazzi coetanei e più grandi mi sembravano sciocchi e superficiali, il loro fine era… scopare e io per ripicca li facevo sbavare raccontando loro avventure strabilianti che anche se non avevo vissuto riuscivo a raccontarle con grande realismo.

Infatti, mi era bastata qualche occasione vissuta con mio padre per imparare l'arte del sesso, e poi avevo un dialogo fitto con mia madre; io chiedevo e lei sempre esaudiva le mie curiosità anche quelle che a una persona comune potevano sembrare audaci, scabrose o addirittura morbose.

E soprattutto ai ragazzi… non gliela davo.

Mi piaceva farli spasimare, e sapere che loro si masturbavano pensando a me mi dava un senso di potere nei loro confronti.

In fondo, l'amore della mia vita era mio padre.

Si con lui avrei fatto l'amore sempre, avrei voluto fare sesso continuamente, avrei voluto scopare tutti i giorni e nel profondo del mio cuore riponevo il ricordo di quelle sempre più rare serate in cui c'ero riuscita. Ma crescendo ero diventata più consapevole del significato del sesso e mi ero resa conto che forse non era il caso di fare ulteriormente questo torto a mia madre, che mi aveva concesso di avere il mio primo rapporto sessuale con mio padre.

Lo consideravo il regalo più grande che i miei genitori mi avessero dato dopo avermi donato la vita e per questo li adoravo e mai avrei voluto fare loro un'ingiustizia o dare loro un dispiacere.

Si avevo "rubato" qualche serata di sesso a mio padre, ma quando ero più adolescente, da ragazzina avevo compreso tante cose e cercavo sempre più di controllarmi.

Ma, lo ammetto, non era per nulla facile.

VII

Comunque, il dialogo con mia madre e mio padre, aveva fatto diventare naturale tutto ciò che di innaturale avevamo fatto. E la nostra vita rientrò nei binari della normalità.

Anzi, con molta più complicità con mia madre che è sempre stata prodiga di consigli e attenzioni nei miei confronti, parlando di tutto anche delle cose più scabrose senza falsi pudori ma con un'onestà intellettuale e una semplicità che mi ha permesso di conoscere il sesso e farlo diventare una parte naturale della mia e della nostra vita.

Non ho mai avuto inibizioni, pudore, vergogna del mio corpo e della mia nudità, anche se non sono bella e sono sempre stata un po' grassoccia, con un fisico non proprio aggraziato e bassa di statura.

E la stessa cosa è stata per le nudità di mio padre e di mia madre. Quel cazzo enorme che svettava turgido e duro in erezione era uno spettacolo, e le tette di mia madre e il suo monte di venere gonfio e carnoso erano talmente succulenti che veniva voglia di divorare a morsi.

E poi aver avviato un dialogo con mia madre sempre più coinvolgente, aperto e libero, mi aveva fatto crescere intellettualmente e psicologicamente, molto più libera e disinibita.

Io chiedevo e lei rispondeva senza pudore e senza vergogna, in modo diretto ed esplicito a ogni mia domanda, esaudiva ogni mia curiosità anche quelle più piccanti e osé con precisione fin nei minimi particolari.

Un giorno le chiesi come faceva a far godere mio padre con la bocca e lei senza scandalizzarsi mi spiegò per filo e per segno ogni cosa, poi con l'aiuto di una banana mi mostrò esattamente come si doveva fare per far provare il massimo piacere all'uomo, invitandomi poi a provare.

Da quel giorno la chiamai gola profonda, perché lei era in grado di accogliere nella sua bocca quasi una banana intera senza romperla.

Io avrei tanto voluto fare lo stesso esperimento con mio padre, ma intanto ero già contenta così. La complicità con mia madre aumentava giorno dopo giorno, e ogni giorno di più io mi sentivo meno bambina e più ragazzina smaliziata, quasi donna.

Crescendo lei m'insegnò tutto sul sesso e sui rapporti sessuali; m'invitò a conoscere il mio corpo, il mio sesso, i miei genitali ma anche la sessualità in tutte le sue forme: i preliminari, il petting, la penetrazione, i rapporti orali, la sodomia e tutto quello che riguardava l'amore e il sesso.

Erano discorsi, racconti, spiegazioni, anche qualche effusione pratica – mi insegnò a baciare, i baci alla francese come si dice, con la lingua in bocca, ma io non provai ne imbarazzo ne vergogna, in fondo era mia madre – pratiche che a me servirono per conoscere il mondo della sessualità nella sua interezza e nei suoi risvolti più nascosti.

Non nascose mai nulla, non mi disse mai questo non si fa, questa è una cosa brutta, questa è un'azione sporca; anzi, mi fece conoscere il sesso in tutti i suoi aspetti con le giuste attenzioni e precauzioni da osservare, senza imbarazzo e senza vergognarsi, parlandomi da adulta ad adulta e non come si parla a una bambina o a una ragazzina cui si vuole celare per pudore qualcosa.

Non mi fece mai provare disagio o turbamento, al contrario mi invitò sempre a non essere timida e a non aver paura a chiedere per sapere. Un dialogo aperto che mi aiutò a crescere e vivere la sessualità come la cosa più normale della nostra vita.

Ricordo che una sera trovai per caso un sacchetto da boutique in ingresso. Siccome sono sempre stata molto curiosa, lo aprii e vidi che all'interno c'era un blister con un pene di lattice trasparente; un pene fatto bene completo di tutti i genitali, non molto grande ma per me molto intrigante.

La curiosità di vedere e toccare quell'oggetto fu più forte di me e, senza neanche rendermi conto di quello che stavo facendo, per una forma mia di egoismo, lo feci sparire, tanto che mio padre non se ne accorse nemmeno.

A tavola chiese a mia madre se avesse visto il sacchetto che aveva dimenticato sul mobile in ingresso e al suo diniego, se ne stette dicendo che probabilmente lo aveva lasciato nel negozio dove aveva fatto l'acquisto, ma che la cosa era di poco conto, sarebbe tornato a riprenderlo nei giorni seguenti.

Io, invece, tacqui: avevo il mio trofeo, il mio primo strumento di piacere personale, il mio primo fallo di lattice, bello trasparente, sembrava di ghiaccio.

Quella sera da sola in camera mia avrei voluto sperimentarlo, volevo provare a mimare gli amplessi che avevo avuto con mio padre e di ripetere quanto mia madre mi aveva insegnato a voce. Avevo un giocattolo che mi avrebbe potuto aiutare a … imparare, fare esercizio.

Poi, però, colta dal rimorso per il mio gesto sconsiderato, non resistetti e l'indomani – senza peraltro averlo usato – confessai a mia mamma che lo avevo preso io, anche perché io non so mantenere certi segreti – tranne uno, quello di aver fatto sesso di nascosto con mio padre - e poi per l'amore che provavo per lei non volevo farle un torto e passare per una ladra bugiarda.

Divenne comunque il nostro segreto, lei comprese il mio gesto – i miei occhioni tristi per quello che avevo fatto erano la mia miglior giustificazione – e così non lo disse a mio padre e mi permise di tenerlo tutto per me.

Da allora quello strano oggetto divenne lo strumento che mi fece conoscere un altro tipo di piacere, sostitutivo del desiderio di fare sesso con mio padre, ma sufficientemente appagante per la mia giovane età, e tutto questo grazie proprio a mia madre.

Infatti, fu lei – santa donna – che m'insegnò a usarlo nel miglior modo possibile, accettando queste mie pulsioni sessuali, e in cuor suo sperando così di evitare che io rivolgessi le mie attenzioni prima di tutto a mio padre e poi al primo ragazzo qualsiasi, rimandando ad altri tempi il mio ingresso nel mondo del sesso libero giovanile.

Il pomeriggio stesso della mia confessione, mi prese per mano mi fece sedere con lei sul bordo del mio letto e poi, visto che eravamo sole in casa, mi chiese: « Violetta, dimmi la verità l'hai preso perché vorresti provare? »

Io annuii, ero curiosa di sapere cosa si provava con un oggetto di quel tipo.

Lei, sempre con fare amorevole e tanta dolcezza, prima mi rimproverò amabilmente e poi esaudì ogni mia curiosità.

« Potevi chiedere, e sai che ti avrei risposto esaurientemente. Forse, non te lo avrei nemmeno proibito. »

Poi mi abbracciò forte e mi disse:

« Dai tesoro mio, vuoi che giochiamo? Se ti fa piacere la mamma ti fa vedere come si usa. »

E così è stato.

Un pomeriggio meraviglioso, finalmente non solo discorsi sul sesso ma giochi erotici e sesso reale anche se attraverso l'uso di uno strumento di piacere.

Non ci volle molto, prima me lo fece toccare in tutti i modi possibili per imparare a conoscerlo, in fondo non era un cazzo vero ma ne aveva tutte le sembianze e la consistenza con il vantaggio che non perdeva l'erezione.

Meraviglia!

Poi mi fece sdraiare supina e delicatamente mi penetrò con il fallo di lattice.

Io sospirai dal piacere, da quelle sere con mio padre, quando ero ancora una dodicenne che stava entrando nell'adolescenza, avevo solo occasionalmente provato l'esperienza della penetrazione.

« Che bello mamma, dopo papà e la seconda volta che provo il piacere della penetrazione. »

Lei fu attenta a non farmi male e con pazienza mi fece provare nuove sensazioni con la penetrazione fallica, tanto che con la sua abilità di donna mi fece avere un orgasmo: il mio primo orgasmo vaginale.

Non fu comunque l'unica volta, anche perché io ci avevo preso gusto, e quando non c'era mio padre, le chiedevo di ripetere un'esperienza che mi aveva dato un godimento particolare.

Lei, probabilmente nel suo inconscio, aveva accettato di frenare le mie pulsioni sessuali in questo modo, forse anche per distogliere la mia attenzione, sempre più manifesta, da mio padre, che in certi periodi aveva gli ormoni alle stelle e questo si vedeva dal suo coso in costante erezione. Uno spettacolo che non avrebbe lasciato indifferente neanche la più pudica delle donne, figuratevi una ragazzina follemente innamorata di suo padre e al quale peraltro aveva donato la sua verginità.

E così successe più volte che giocassimo con quello strumento di piacere, e lei come una maestra m'insegnò vari modi in cui una donna si fa prendere dal proprio uomo.

Io provavo ogni posizione con estrema curiosità e con grande piacere: supina, prona, carponi, in piedi e poi provando a fare da sola, prima mostrandomi lei come fare, mimando l'atto sessuale su se stessa, e poi aiutandomi passo dopo passo per farmi provare piacere.

Imparai così ad avere orgasmi in tutte le posizioni; avevo orgasmi sempre più devastanti che mi spossavano completamente, ma che mi davano un piacere immenso.

In fondo, mi bastava quel coso di lattice per raggiungere l'estasi.

Non solo, ma lo usai anche per imparare a succhiare l'uccello. Feci pratica di pompini con il cazzo di lattice e mia madre, gola profonda, m'insegnò come fare.

Era stupefacente vedere come lei lo ingoiava tutto e io mi misi di impegno per imitarla ed emulare le sue performance, e devo dire che grazie a tanto ma veramente tanto esercizio che spesso facevo la sera da sola quando ero a letto in camera mia, ci riuscii; si sono riuscita a infilarlo tutto in bocca e ingoiarlo tutto. Una soddisfazione incredibile, mi sentivo brava come la mamma.

E poi un giorno sono stata io a chiederle di sodomizzarmi con il nostro giocattolo e lei con la sua solita naturalezza e la consueta estrema accondiscendenza nei miei confronti m'insegnò come fare, con estrema dolcezza e delicatezza.

Devo ammettere che in principio ero timorosa, avevo paura di sentire dolore fisico. Lei, come sempre, seppe far diventare semplice e piacevole una cosa complessa e dolorosa, almeno la prima volta.

Grazie a un olio detergente per le parti intime lubrificò per bene il fallo di lattice, poi mi fece mettere carponi e con molta delicatezza lubrificò anche il mio ano. Io ero tesa e rigida come un bastone come mai mi era successo. Lei mi tranquillizzò con baci e carezze.

« Violetta stai tranquilla, anche per me la prima volta è stato difficile, avevo paura non solo di sentire male, hai presente il cazzo di tuo padre quanto è grosso, lungo e duro quando è in piena erezione, la mia paura era che mi sfondasse l'ano. Invece, se si fa tutto a modo non succede niente, si la prima volta si sente male ma poi mi dirai tu se ti piace e se vorrai continuare a fare queste esperienze. »

E così è stato, il fallo e l'ano ben lubrificati mi aiutarono non poco.

Prima appoggiò il pene all'ano, poi cominciò a spingere delicatamente sforzando lo sfintere che subito fece resistenza ad allargarsi e ammetto che in quel momento sentii dolore. Poi quando si rese conto che l'ano era sufficientemente dilatato e che il pene di lattice entrava senza fatica spinse con forza dentro, io mi sentii come risucchiare lo stomaco, emisi un gemito di dolore, non proprio un urlo dal male che stavo provando, ma comunque si capii che non era stato piacevole.

Fu un attimo ma passò tutto subito, e allora io sentii l'ano pieno di qualcosa di duro. Mamma era stata fantastica, come sempre.

« Fatto Violetta, è entrato tutto. Adesso anche tu, puoi dire che sei stata sodomizzata », e poi sorridendo aggiunse « ma non dire a nessuno che è stata tua madre con un cazzo di lattice. »

Si era entrato tutto dentro, mi sentivo piena ma non era particolarmente doloroso, una sensazione strana ma alla fin fine devo ammettere piacevole.

Io rimasi immobile e in silenzio per qualche istante e poi: « Sai mamma, sono sincera, non mi dispiace affatto. Ma ora che è tutto dentro, cosa si fa? »

« Niente tesoro, in genere l'uomo ti scopa come nella vagina e poi gode ed eiacula dentro di te. Alcune donne provano piacere e hanno un orgasmo, ma non tutte. »

« E tu mamma provi piacere, tu hai un orgasmo? »

Lei rimase un attimo in silenzio e poi « Si Violetta, io provo piacere e ho sempre un orgasmo, credo sia in parte psicologico - perché noi donne non abbiamo terminazioni nervose che ci fanno provare piacere - e in parte anche conseguenza dell'atto sessuale vero e proprio. Perché è talmente coinvolgente che alla fine anche i muscoli della vagina sono stimolati e si prova un orgasmo. Poi tuo padre con il cazzo che si ritrova – aggiunse ridendo – farebbe avere un orgasmo a una donna anche a distanza. »

Allora le dissi: « sai mamma ti posso fare una confessione? »

« Si, dimmi tesoro. »

« Mi piacerebbe essere sodomizzata da papà. »

Lei non disse nulla, era consapevole delle mie pulsioni amorose e sessuali nei confronti di mio padre, e forse in quel momento quella richiesta se l'aspettava anche.

Rimase un po' in silenzio e poi aggiunse: « Ma, chissà, forse un giorno succederà anche questo, non so perché ma in cuor mio me lo sento. »

Mai profezia fu più vera.

Io lasciai cadere la cosa, e la invitai a provare quel coso dentro di me.

« Allora dai mamma, scopami nel culo, voglio vedere se provo anche io un orgasmo. »

Devo dire che lei ci mise tutto l'impegno di questo mondo ma non successe niente. La sodomia mi piacque tantissimo ma la prima volta non provai nulla. Però non mi demoralizzai e provando e riprovando alla fine anche io raggiunsi l'orgasmo facendomi sodomizzare… da mia madre.

Così, nel tempo, il rapporto con mia madre divenne sempre più stretto e coinvolgente, eravamo sempre più affiatate e sempre più complici.

Due sorelle, due amiche, che condividevano le gioie del sesso.

Fu così che lei m'insegnò a masturbarmi, a giocare con le mie dita e la mia vagina, il mio clitoride, all'auto-penetrazione, alla stimolazione anale fino a provare il piacere dell'orgasmo; e qualche volta lo abbiamo fatto assieme fino al punto che abbiamo provato l'emozione di masturbarci reciprocamente.

Ammetto che mi piaceva tenere stretta in mano la sua vagina carnosa, e più volte le notti che ho dormito con loro l'ho abbracciata e toccata stringendo quel monte di venere polposo, come lo chiamavo io.

La masturbazione reciproca era un'esperienza sontuosa che mise in luce un altro aspetto della mia sessualità, che verrà fuori in tutta la sua pienezza negli anni successivi.

Non solo ci toccavamo vicendevolmente, ma ci scambiavamo effusioni e baci appassionati. Mi piaceva baciare mia madre, sentire le nostre lingue che si rincorrevano nelle nostre bocche.

Ricordo i pomeriggi che da sole in casa ci depilavamo vicendevolmente il pube e poi finivamo col toccarci e masturbarci a vicenda. Oppure giocavamo con il fallo di lattice, scopandoci vicendevolmente. Devo dire che lei è sempre stata molto disponibile con me, una forma di protezione dal mondo degli uomini, aridi e solamente interessati a infilare i loro cazzi dentro il corpo di noi donne.

Il nostro affiatamento cresceva giorno dopo giorno, senza però dire nulla a mio padre, era il nostro segreto di donne.

Lei m'insegnò a far godere una donna, e io il primo orgasmo clitorideo l'ho provato con lei, con mia madre!

Una bocca appassionata, una lingua sinuosa e travolgente, era impossibile non godere quando mi succhiava il clitoride, le labbra della vagina e mi sconquassava la fica mandandomi in estasi. E allora come potevo fare un torto alla donna che mi aveva partorito e che era capace da farmi provare sensazioni cosi estreme di godimento.

Così ho conosciuto il sesso in tutte le sue declinazioni, e quando è venuta alla luce la mia bisessualità non mi ha stupito né disorientato, per me era solo un altro aspetto di una sessualità che io reputavo andasse vissuta completamente.

Mia madre è stata una grande maestra per me, e mi ha insegnato tutto!

E il più bel complimento me lo ha fatto il giorno che la feci urlare dal piacere: sono stata per lei l'allieva ideale.

A mio padre piaceva questa nostra nuova complicità di donne. Io intanto crescevo, il mio corpo arrotondava le sue forme, finalmente avevo un po' di seno – purtroppo solo una seconda, e per questo ho sempre invidiato mia madre – però avevo il culetto rotondo e il pube gonfio.

A sedici anni ero donna compiuta, anche se un po' cicciottella e non molto alta; ma con tutte le rotondità al posto giusto. A mio padre poi piaceva vederci perfettamente depilate e apprezzava questa nostra abitudine: eravamo sempre rigorosamente depilate nella stagione estiva, guai andare in spiaggia con i peli sul pube o sotto le ascelle.

Qualche volta ci siamo anche divertite a depilare lui, noi due - madre e figlia – impegnate a depilare i genitali del nostro uomo, un quadretto edificante, anche se solo mia madre poi godeva del suo sesso.

Per me quelli erano comunque momenti di estremo piacere, perché con la scusa potevo toccarlo, e poi ero io che dopo la depilazione lo lavavo per bene – perché oramai era diventato un rito al quale lui si sottoponeva senza protestare – e io provavo piacere nel scoprirgli il glande e accarezzargli il pene e stringerlo forte in mano. Devo dire che se si rendeva conto di queste mie attenzioni particolari lo mascherava molto bene, non così il suo uccello che aveva erezioni strepitose.

E mie madre sospirava e si limitava a un « Jérôme, Jérôme… e tu Violetta stai attenta che se continui a lavarlo così bene finisce che… - e li si fermava ma io avevo capito tutto - e devi ricominciare daccapo. »

In realtà, io facevo finta di non capire, sorridevo con compiacimento, la cosa mi piaceva e mi dava un godimento profondo.

Amavo mio padre! Lo amavo con tutta me stessa.

E questo amore lo mostravo attraverso una esuberanza da ninfetta in calore.

Ricordo, una delle volte che mamma era uscita lasciandoci soli in casa. Un'occasione singolare della quale io approfittai subito per stuzzicare mio padre.

Eravamo in terrazza a prendere il sole, mio padre era sdraiato su di una chaise longue e si rilassava leggendo un libro. Io, colsi l'attimo, e andai in bagno a prendere il nécessaire per la depilazione e con fare disinvolto gli dissi: « Papà mi aiuti a depilarmi il pube, ho i peli che stanno spuntando e mi danno molto fastidio. »

Seduto sulla sdraio accanto, lui subito rimase indifferente alla mia richiesta continuando a leggere, poi su mia insistenza mi guardò senza parlare e allora io lo spronai e incoraggiai a farsi avanti.

« La mamma viene tardi, sai che quando esce con le amiche si perdono per negozi, e io volevo togliermi questo fastidio. »

Poi con nonchalance aggiunsi con tono affettuoso e supplichevole: « In genere me lo fa la mamma perché io da sola non riesco bene, mi aiuteresti papà? »

Lui si sollevò e seduto di fronte a me, emise un lungo sospiro, e poi « Va bene Violetta, dimmi cosa e come devo fare. »

Gli spiegai tutto in un attimo, mi sdraiai supina con le cosce spalancate, le ginocchia alzate, un bello spettacolo, e gli misi in mano il rasoio per la depilazione.

« Ma Violetta, non mi sembrano per niente lunghi, si intravvedono appena. »

« Si papà è vero ma se tocchi senti che pungono e mi danno prurito » e così dicendo gli presi la mano e gli feci accarezzare il pube.

La cosa non lo lasciò indifferente; infatti, subito notai che qualcosa si stava rizzando.

Comunque con un po' d'imbarazzo e non qualche titubanza si mise di buona volontà a depilarmi. Anche perché io so essere insistente fino all'esasperazione.

« Anche l'inguine, papà e fallo bene vicino alla vagina, lì mi da veramente prurito. »

E lui con pazienza e devo dire molta applicazione si prestò a esaudire questa mia richiesta. Mi depilò con cura, ma io con malizia volevo qualcosa di più.

Allora gli dissi: « Dammi la mano papà, senti che c'è ancora qualche pelo da togliere? » e così dicendo gli presi la mano e la feci scorrere come una carezza sul pube, l'inguine e la vagina, poi gli

90

presi due dita e le feci scivolare all'interno delle grandi labbra.

Lui divenne tutto rosso in viso, e il suo 'coso' si rizzò, turgido, duro gonfio, grosso, carnoso, bello come fosse di marmo in tutto il suo splendore.

Avevo colto nel segno, non era rimasto indifferente.

« Senti papà, ci sono ancora dei peli che pungono? »

Non era vero ma lui non ritrasse le dita che scorrevano sulla vagina che nel frattempo si era bagnata.

Aveva capito molte cose, era più esperto di me, ma fece finta di niente.

Riprese il rasoio e con delicatezza fece finta di radermi ancora. Poi stando al gioco, mi accarezzò per bene pube, inguine, vagina, facendomi venire brividi di piacere.

« Ecco Violetta, ora sei perfettamente depilata » e nel mentre diceva queste cose il suo uccello pulsava dall'eccitazione.

« Ora mi devi passare la crema emolliente, come fa la mamma » lo incalzai.

Presi il tubetto della crema, tolsi il coperchio e gli versai un po' di crema sulle dita: « Così almeno non sento bruciore e non si irrita la pelle. »

Devo dire che non se lo fece ripetere due volte, mi spalmò per bene la crema e massaggiò con cura tutte le parti intime seguendo i miei consigli « anche bene dentro la vagina, la mamma di solito fa sempre così. »

E così fece.

Io provai l'ebrezza e la bellissima sensazione di sentire le sue dita che mi accarezzavano tutta: il pube, l'inguine, la vagina, le grandi labbra e poi s'insinuarono leggermente dentro.

« Così va bene? » rimarcò lui.

Io stavo per avere un orgasmo da quanto ero eccitata!

E con voce affannosa « Si si, ancora però, massaggiami bene, si si mi raccomando anche dentro, così non si irrita la pelle. »

Oramai non capivo più nulla, mi sentivo un calore addosso incredibile, ogni passaggio delle sue dita fuori e dentro la vagina mi stimolava tutti i sensi e mi dava sensazioni fortissime di piacere. Avrei voluto non smettesse più.

Poi lui s'interruppe, anche perché secondo me aveva raggiunto il culmine dell'eccitazione.

« Ora è meglio che smettiamo anche perché non so se riesco ancora a trattenermi… e se arriva tua madre » e così dicendo si alzò e andò in bagno.

Io avevo quasi raggiunto l'orgasmo, e il fatto però che lui si era improvvisamente interrotto, ammetto che mi aveva lasciato un po' delusa.

Comunque era stato tutto chiaro ed esplicito, la cosa non lo aveva lasciato per nulla indifferente. Io, da parte mia, avevo capito tutto ed ero felice di aver raggiunto il mio scopo.

La mia vita era completamente cambiata: non ero più vergine e avevo dato la mia verginità a mio padre, stavo diventando donna, e avevo conosciuto il sesso in tutte le sue forme con mia madre.

Non avevo nient'altro da desiderare.

VIII

C on il passare del tempo, crescendo ero comunque diventata più smaliziata e diciamo anche un po' più sfrontata e ai tempi del Lycée, nell'età compresa tra i sedici e i diciotto anni anche un po' puttanella.

Puttanella di atteggiamento e nei modi ma non di fatto, anche perché dopo aver dato la mia verginità a mio padre, nessun uomo aveva più goduto del mio gioiello. Ma questo era avvenuto per mia scelta, i ragazzi della mia età non m'interessavano né tantomeno gli altri uomini. Avevo occhi solo per mio padre. E facevo di tutto per farglielo capire.

Avevo preso gusto a fare la sciocchina con mio padre, sedendomi in braccio a lui quando aveva un'erezione, o le sere che dormivo con loro mi piaceva strofinare il suo cazzo contro il mio corpo, ma tutto finiva con uno struscio da parte mia e nulla più.

Spesso quando eravamo seduti in salotto a guardare la televisione o in terrazza a prendere il sole o a leggere un libro, io mi sedevo sempre di fronte a mio padre in posizione scomposta e con le cosce volgarmente spalancate, mettendogli bene in vista il mio pube e la mia vagina perfettamente depilati. Spesso, come mi aveva insegnato mamma, per rendere il corpo più lucente e in questo caso i genitali più lucenti e accattivanti, gli spalmavo sopra un olio che li rendeva brillanti e fulgidi.

Mi piaceva stuzzicarlo ed eccitarlo e lui non era indifferente alla cosa perché aveva sempre un'erezione repentina.

Mia madre mi guardava e poi, con tono di rimprovero e in modo perentorio, mi diceva « Per favore Violetta, chiudi quelle cosce. Stai composta. »

Io obbedivo subito, ma dopo pochissimo tempo mi rimettevo nella stessa posizione a cosce spalancate, mostrando il mio gioiello.

Lo ammetto ero volgare, ma pur di attirare l'attenzione di mio padre chissà cosa avrei fatto.

Mia madre me lo ripeteva di continuo, una litania, « chiudi quelle cosce, stai composta » una due, tre volte poi rinunciava, anche perché se al momento mi ricomponevo dopo pochi attimi diventavo nuovamente sguaiata negli atteggiamenti. Allargavo nuovamente le cosce per mostrare la mia vagina.

Stuzzicavo mio padre e l'effetto era scontato, aveva delle erezioni eccezionali. Il cazzo gli diventava grosso, gonfio duro e svettava come un bastone, sembrava una scultura di marmo. Mia madre lo guardava, mi guardava e poi le usciva dal cuore un lungo sospiro di rassegnazione.

Con me non c'era niente da fare, ero ribelle e più mia madre mi trovava da dire più facevo esattamente l'opposto.

In fondo lei capiva le mie pulsioni sessuali di giovane ragazza che stava entrando nella pubertà e diventando donna e conosceva bene suo marito, amante ardente e instancabile.

E poi a lei io confidavo tutto, e sapeva che non avevo avuto più nessun rapporto sessuale, con nessun uomo dopo quelle prime volte con mio padre e nemmeno con altri ragazzi, di nessun tipo.

In fondo non ero più vergine, ma il mio sesso non aveva conosciuto altro sesso maschile se non quello di mio padre.

Forse per lei era una forma di protezione verso di me, in fondo se avessi fatto sesso solo con papà non sarei incorsa in nulla di pericoloso.

Io in cuor mio gioivo quando mio padre guardandomi aveva un'erezione e mi piaceva da morire vedere il suo membro in quello stato, era bello ed enorme; quando potevo ammirarlo da vicino in tutta la sua magnificenza, lo guardavo con stupore e ammirazione. Era sempre gonfio, duro e grosso, talmente grosso che non sarei riuscita a cingerlo con le dita di una mano; e lungo, era lungo quasi ventiquattro centimetri (questo me lo aveva confidato mia mamma, ma poi sarà una cosa che scoprirò anche io, misurandolo!).

E devo ammettere che questa mia sfacciataggine aveva il suo effetto, sempre più spesso mio padre girava per casa con il cazzo duro, anche per merito mio. Io ne ero orgogliosa, andavo fiera di quel trofeo e guardarlo mi dava una soddisfazione immensa.

Le prime volte, mia madre lo rimproverava: « Jérôme non puoi avere meno pulsioni? È il caso di girare sempre per casa con l'uccello duro? »

Poi dopo una due tre volte che lo ripeteva, lei rinunciava a riprenderlo.

Lui la guardava chiedendo compassione e facendole capire con gli occhi che non poteva farci nulla, era istintivo che gli venisse duro. In fondo, vedere sua moglie e sua figlia nude per casa, due donne una nel fiore della maturità e l'altra un fiore che stava sbocciando, gli rendeva impossibile trattenere certi stimoli istintivi.

Io, in effetti, non ero per nulla timida e non avevo alcun ritegno. Dopo pranzo quando loro sorseggiavano il tè in terrazza, io mi sedevo sempre di fronte a mio padre con le ginocchia sollevate e le braccia appoggiate dietro la schiena, mostrandogli la fica depilata e rosa, come quella di una bambina.

E non perdevo occasione per stuzzicarlo.

Ero sfacciata e spudorata.

Mia madre, ormai, aveva rinunciato a ogni forma di rimprovero nei miei confronti.

Ricordo tra le tante, una domenica pomeriggio che eravamo in terrazza io e mia madre a prendere il sole; io ero messa carponi sulla chaise longue e leggevo. Adoravo mettermi in questa posizione, appoggiata sui gomiti e con il sedere per aria.

Mio padre uscito sulla terrazza era rimasto ad ammirarci. Mia madre distesa sull'altra chaise longue stava sonnecchiando. Il suo corpo perfetto illuminato dal sole mostrava un seno sodo ed esuberante, la fica perfettamente depilata era un'opera d'arte.

Io, invece, mettevo in mostra il mio culetto rotondo.

Lui rimase in silenzio a osservarci per qualche minuto, era perfettamente dietro di me a poca distanza, se avesse voluto, poteva certamente… lascio immaginare cosa avrebbe potuto fare, e – come sempre più spesso accadeva – ebbe un'erezione fenomenale.

Mia madre lo vide con la coda dell'occhio, si alzò sui gomiti, lo guardò e a voce alta esclamò: « Jérôme!… non vorrai mica! »

Io mi girai di scatto e mi trovai davanti al viso il membro di mio padre, in piena erezione, uno spettacolo della natura, almeno per me.

E senza che me ne rendessi conto dalla bocca mi uscì un « Cazzo che bello! »

Devo dire che queste parole mi scaturirono dal cuore.

« Violetta! » manifestò con stupore mia madre.

Io cercai di rimediare balbettando un « scusa, mamma, non volevo, ma è stato più forte di me, non me ne sono nemmeno resa conto di quello che stavo dicendo » e abbassai gli occhi; ero imbarazzata e mortificata.

Lei non si arrabbiò, anzi mi guardò con dolcezza. Mio padre davanti a me aveva il cazzo duro e gonfio a pochi centimetri dal mio viso, ed era altrettanto imbarazzato.

Io accennai un « scusatemi, ma così all'improvviso davanti agli occhi, sono rimasta sbigottita » e mia madre riuscì subito a sdrammatizzare la situazione.

« Ti capisco Violetta – e poi ridendo aggiunse – da quanto è grosso certe volte stupisce anche me. »

Io annuii e poi aggiunsi «scusa papà, ma è veramente impressionante vederlo così da vicino.»

Lui sorrideva, e poi minimizzando ogni cosa, disse con un tono spiritoso.

« Va bene impressionare mia figlia, ma che mia moglie mi dica che il mio cazzo la stupisce, ormai dovrebbe conoscerlo bene », ridendo della sua affermazione.

Allora io aggiunsi con voce titubante « papà il tuo... cazzo è veramente grosso, vero mamma? »

Mia madre, intanto, si era lasciata dietro ogni turbamento e mi guardava sorridendo, annuendo alle mie considerazioni.

Allora io mi feci più sfacciata e con non poca spudoratezza aggiunsi, ridendo, « l'avete mai misurato? »

Entrambi rimasero sorpresi da questa mia domanda.

« No tesoro, in effetti non lo abbiamo mai fatto » ribadì mamma, forse consapevole di dove volevo arrivare.

« Allora facciamolo adesso! » replicai io.

E senza dar loro tempo di pensare andai in cucina e in un attimo tornai con il metro da sarta.

« Eccolo quello che serve », e così dicendo aggiunsi « vieni qui mamma che oggi misuriamo il cazzo di papà. »

« Benedetta figliola, sembra che le pensi di notte per farle di giorno » aggiunse lei e si avvicinò allungando la mano per prendere il metro.

« E no! » esclamai io, « è una mia idea e lo voglio fare io. »

In tutto questo fare e parlare, mio padre era rimasto in piedi con il cazzo ritto che ci guardava e non proferiva parola.

Allora mi sedetti davanti a lui, lo feci avvicinare quasi a contatto di viso, il suo glande rosso fuoco era a pochi centimetri dalla mia bocca.

Lo avrei riempito di baci e preso in bocca, con la voglia di succhiarlo avidamente.

E così – mentre mia madre mi guardava senza più saper cosa dire – cominciai a misurargli il cazzo con il metro a nastro, ovviamente toccandolo a mio piacimento, dovendo prendere la misura dalla punta del glande fino al pube e anche fino a testicoli.

Lo misurai in lungo e in largo stringendolo con le mani per valutare la sua estensione e la lunghezza della circonferenza; insomma, approfittai della cosa per toccare per bene il pene e i testicoli di mio padre.

Lui era eccitato, sentivo il suo cazzo pulsare ed era diventato durissimo e gonfio con la cappella rosso fuoco.

Alla fine emisi il responso.

« Mamma, papà, allora se ho misurato bene è lungo ventiquattro centimetri e mezzo e la circonferenza è di circa diciassette centimetri. »

Loro rimasero sbalorditi da questa mia intraprendenza e disinvoltura nel parlare di queste cose. Io, invece, ero felicemente soddisfatta, lo avevo potuto toccare e godere della sensazione di avere nuovamente tra le mani quella cosa carnosa e piacevole al tatto, a mio piacimento per tanto tempo, non so quanto.

La cosa fini li.

Però aver avuto la possibilità di tenere tra le mani con tanta libertà e loro consenzienti il cazzo di mio padre, mi aveva reso più intraprendente.

Ero veramente diventata un po' puttanella e di questo, ne ero orgogliosa.

Così, giorno dopo giorno la mia spudoratezza e la mia sfacciataggine aumentarono sempre di più. Stavo diventando sempre più sfrontata, impertinente, provavo sempre meno vergogna per i miei gesti, le mie azioni, le mie parole: una vera ribelle.

Nella bella stagione i miei erano soliti prendere il sole in terrazza.

La nostra casa di Nizza, all'ultimo piano di una palazzina moderna, aveva una terrazza fenomenale affacciata sul mare.

Una terrazza grande sulla quale si affacciavano la camera da letto dei miei genitori e il salotto, con delle grandi pareti vetrate, che davano trasparenza e luminosità alla casa. La ringhiera era di cristalli e consentiva una bellissima vista sul mare.

La terrazza era attrezzata con una tenda estensibile a veranda, e chaise longue per tutti.

Normalmente, io aspettavo che si sdraiassero e si assopissero, poi andavo da loro e mi sedevo cavalcioni a mio padre, facendo in modo che la mia vagina fosse a contatto con il suo pene che flaccido amava tenere disteso sul ventre. Ma anche flaccido era comunque notevole in grossezza ed estensione. Poi dandogli la schiena, e facendogli ombra, poggiavo un libro sulle sue gambe e mi mettevo a leggere godendo di quel contatto con i suoi genitali.

Mio padre non diceva nulla, probabilmente la cosa non gli dava per nulla fastidio e io mi accorgevo di questo suo "piacere" perché sentivo immediatamente dopo il suo coso indurirsi e premere contro la mia vagina, ma io facevo altrettanto finta di niente.

A mia madre però nulla sfuggiva e vedendomi in quella posizione mi riprendeva con termini che non lasciavo dubbi all'interpretazione.

« Violetta, alzati. Non stare seduta sul cazzo di tuo padre, è un uomo non sa trattenere i suoi impulsi. »

Io replicavo sempre per le rime con aria di sfida.

« Stai tranquilla mamma, ha l'uccello flaccido, quando viene duro mi alzo », e con questo rimanevo dove ero.

In realtà accadeva sempre che dopo pochi minuti che ero seduta su di lui, aveva una erezione, il suo cazzo cominciava a premere contro la vagina che immancabilmente si bagnava e io provavo un piacere immenso a sentirlo spingere contro le grandi e le piccole labbra, anche se non c'era penetrazione.

Lui ovviamente non diceva nulla alle rimostranze di mia madre, segno che in fondo anche a lui la cosa non dispiaceva.

Solo dopo continua insistenza e per non contrariare mia madre, cedevo ai suoi rimproveri e sbuffando mi alzavo e me ne andavo delusa in camera mia.

« Jérôme! », ormai era la consueta esclamazione di mia madre « non puoi tenere a freno i tuoi istinti? In fondo è tua figlia! »

« Ai ragione Cléo ma nostra figlia sta diventando ogni giorno che passa sempre più spudorata e intraprendente. E poi, è sempre più donna! Ti giuro che faccio fatica a controllarmi; ti prego, cerca di capirmi. »

Mia madre, in effetti, aveva un livello di intelligenza molto alto come altrettanto alta era la sua indulgenza nei confronti dei miei impulsi sessuali, delle mie tempeste ormonali, e delle pulsioni di mio padre.

Non per questo voleva cedere sulle nostre abitudini, per cui - nonostante tutto - si continuava a praticare le stesse abitudini salutiste e naturiste.

E così, col passare dei giorni, in modo sempre più sfrontato e spudorato, io mostravo con indecenza il mio corpo e il mio sesso, mettendo a dura prova mio padre.

Cercavo il contatto fisico con sempre più insistenza, non perdevo occasione di sedermi in braccio a lui perché mi piaceva sentire il suo pene pulsare e premere contro il mio corpo, e sempre più spesso contro il mio sesso.

Mia madre aveva accettato con profonda rassegnazione questo mio modo di comportarmi indecente, sapeva che era una guerra persa perché quando mi mettevo in testa una cosa facevo di tutto per ottenerla.

Quando mi sedevo in braccio a mio padre e sentivo il calore della sua pelle contro la mia, il contatto del suo pene con la mia fica, mia madre mi guardava e scuoteva la testa e poi sconsolata diceva « mi raccomando Jérôme tieni a bada il tuo c a z z o », e lo rimarcava scadendo bene la parola c a z z o , e poi rivolgendosi a me aggiungeva « non vorrei mai che suo padre mettesse incinta sua figlia! ».

« Ma mamma, cosa dici » esclamavo io, sorridendo.

« Non stiamo facendo niente di male. »

In realtà, io sarei voluto ardentemente essere penetrata da mio padre, ma dopo quelle volte che ancora bambina gli avevo donato la mia verginità e il mio sesso, tutto quello che era avvenuto, era successo più per mia volontà che per sua richiesta, anche perché mio padre si guardò sempre bene di approfittarsi di me.

Non mi avrebbe mai fatto un torto del genere, mi voleva troppo bene.

Io invece avevo cercato più e più volte un contatto fisico che andasse oltre.

Anzi, era stata mia madre che per frenare le mie pulsioni sessuali si era messa a fare sesso con me. La sua, però, era una forma di difesa nei miei confronti.

E, infatti, in quegli anni io avevo conosciuto il sesso solo con cazzi di lattice; diversi cazzi di lattice, ne avevo più di uno; addirittura ne avevo voluto uno enorme, grosso come quello di mio padre, e mia madre si era prestata ad andare ad acquistarlo pur di farmi contenta e distogliere così la mia attenzione da suo marito.

Nonostante facessimo sesso noi due, io e lei, io con mia madre, la mia passione per mio padre non scemava, anzi aumentava ogni giorno di più, e cercavo in tutti i modi di farglielo capire.

Quando capitava di andare sola con mio padre a fare la spesa, la raccomandazione di mia madre era sempre la stessa.

« Mi raccomando – diceva sospirando – non tornate in tre! »

« Ma mamma! » esclamavo io stupita alla sua affermazione; però, in cuor mio sognavo di essere messa incinta da mio padre e partorire un figlio: il figlio di mio padre, mio fratello, che casino avevo in testa.

Per questo, io trovavo sempre un'occasione per andare al centro commerciale con papà a fare la spesa, chissà perché scoprivo che in casa mancava sempre qualcosa che serviva o mi piaceva.

Ero veramente tremenda!

Queste mie continue provocazioni avevano comunque fatto il loro effetto anche sui miei genitori. Loro avevano preso a fare sesso sempre più di frequente, senza alcuna timidezza, né tantomeno pudore nei miei confronti.

La porta della loro camera era sempre aperta e io potevo guardarli. Spesso, seduta sul divano, o in camera mia a studiare, li sentivo ansimare e godere, e sognavo di essere al posto di mia madre e gioire del sesso di mio padre.

Per questo le mie attenzioni verso di lui aumentarono giorno dopo giorno: non solo il contatto fisico, non solo mi piaceva strusciare il mio sesso sul suo, ma spesso seduti sul divano a guardare la televisione mi prendevo la libertà di prendere in mano il suo cazzo, con - alla fine - il placido assenso di mia madre, che oramai aveva accettato anche quello.

Lo tenevo stretto e godevo della sensazione di avere in mano quella grossa cosa carnosa. Lo facevo con nonchalance, come se fosse il gesto più naturale e consueto del mondo di una figlia nei confronti del padre.

Mio padre? Lui era pago di questa situazione, e devo dire che ogni tanto anche lui allungava la mano toccandomi le cosce, ma oltre non si spingeva. E quando mia madre se ne accorgeva si sentiva un

lungo sospiro di rassegnazione e
sottovoce « Jérôme, Jérôme togli quella
mano, perché è… tua figlia. »

IX

Per i miei diciotto anni i miei genitori organizzarono una cena speciale in un prestigioso locale di Monte-Carlo.

Per quella occasione mia madre mi obbligò a... vestirmi da donna.

Si perché il mio abbigliamento è sempre stato: magliette d'estate, maglioni abbondanti d'inverno, jeans o leggings, slip e calze fantasmini, e solo ballerine o scarpe da ginnastica, amavo le Superga, semplici e comode. Non ho mai indossato il reggiseno, lo giudicavi un indumento inutile, e i collant perché mi hanno sempre dato fastidio.

In effetti, non ho mai curato molto il vestire; mi è sempre piaciuto un abbigliamento semplice e comodo, senza pretese.

Non mi piaceva truccarmi, ne usare profumi. Tutto il contrario di mia madre che invece aveva stile ed era sempre elegante e perfettamente truccata.

Lei non usciva mai se prima non indossava il suo Chanel n. 5.

Così, il giorno prima della cena per i miei diciotto anni io e lei andammo a fare shopping: acquistammo una camicia bianca di seta, una gonna nera a plissé a mezza coscia e poi… il mio primo perizoma, le mie prime autoreggenti perché non avendo mai sopportato i collant mia madre mi aveva obbligato a mettere almeno le autoreggenti, e un décolleté di vernice nera tacco dieci, per me dei trampoli!

La sera, prima di uscire, feci un défilé davanti ai miei genitori: prima in perizoma, autoreggenti e scarpe con i tacchi, poi indossando gonna e camicetta. Fu un successo, soprattutto su mio padre, non mi aveva mai visto così elegante, in genere vestivo come una "scappata di casa", abbastanza trasandata a prima vista, ma molto comoda.

« Cléo – esternò mio padre – finalmente abbiamo una figlia elegante. Sei bellissima Violetta. »

Io fui molto felice del complimento di mio padre.

Fu una bella serata, anche se devo dire che faticai a camminare, nonostante fossi aggrappata al braccio di papà per non cadere.

Mamma sorrideva divertita « Vedrai Violetta che imparerai. »

Tornati a casa la prima cosa che feci fu di togliermi subito i tacchi, un vero strumento di tortura, mi spogliai e rimasi solo con le autoreggenti. Quindi andai da mia madre, mi tolsi il perizoma e tenendolo sollevato con due dita, mostrandolo come un trofeo, le chiesi.

« Mamma, ma a che accidenti servono questi micro slip? »

« A eccitare gli uomini » uscì dal cuore a mio padre, subito zittito da un imperiosa esclamazione di mia madre « Ma Jérôme! »

E, in effetti, mio padre si eccitò moltissimo, era la prima volta che mi vedeva con un perizoma, indossare le autoreggenti e calzare tacchi alti, e la sua eccitazione si vedeva tutta… il suo 'coso' era in piena erezione.

« Jérôme ti ricordo chi è, non aggiungo altro », disse perentoriamente mia madre, ma io avevo compreso il suo sottile rimprovero.

Tra me e me sorridevo e in cuor mio ero felice, finalmente mio padre mi aveva guardato come si guarda una donna e non come una figlia.

Tuttavia, ero sua figlia, anche se con mamma si andava un po' oltre (ma forse un po' è un eufemismo).

Il suo essere protettiva nei confronti di mio padre, non era per rivalità, ma perché voleva che io scoprissi il mondo della sessualità con i miei coetanei.

Lei si considerava la mia insegnante, ma sognava per me quello che tutte le mamme sognano per le loro figlie, l'Amore con la A maiuscola.

Io, invece, snobbavo i miei coetanei e i miei amici, in cuor mio avevo solo

113

occhi per mio padre, che riempiva i miei pensieri e i miei sogni di adolescente.

Avevo terminato il Lycée e sarei andata all'Università, sarei entrata nel mondo dei giovani. Si prospettava una nuova vita, nuove emozioni, forse l'amore, forse il sesso, perché in realtà dopo aver perso la verginità con mio padre non avevo avuto molte altre esperienze sessuali, se non la 'scuola' di mia madre e qualche occasione rubata con mio padre.

Non avevo fatto sesso con altri che mio padre, nessun ragazzo o uomo aveva ancora gioito dei miei baci, del mio corpo, dei miei gioielli.

Ero, se così si può dire, 'pura' anche se non più vergine, mia madre lo sapeva, perché le ho sempre confidato tutto, senza più nasconderle nulla e, infatti, alla fine le confessai proprio tutto, anche i rapporti sessuali rubati con papà.

Lei, da donna di grande intelligenza, non ne fece parola con mio padre.

Ero limpida e trasparente con lei, e se lei mi aveva insegnato tutto sul sesso, non solo parlandone, ma mettendo in pratica i suoi insegnamenti.

Io non lo vedevo come una cosa riprovevole, anzi al contrario come un suo atto d'amore e di protezione nei miei confronti.

Comunque quella sera feci colpo su mio padre, e la cosa mi diede una grande soddisfazione personale. Al momento di andare a dormire chiesi di coricarmi con loro, in mezzo a loro come facevamo sempre più spesso da quando ero più piccola; in fondo era il mio compleanno, i miei diciott'anni e tutto mi era concesso.

Io volevo sentire il calore dei loro corpi e la sensualità della loro pelle e anche se la mamma fece uno sguardo severo verso suo marito, perché io comunque volevo dormire in mezzo a loro, alla fine acconsentì.

Le uscì solo un « Jérôme mi raccomando! ».

Io mi avvinghiai a mia madre, dando la schiena a mio padre; lui mi abbracciò, stringendomi un seno con una mano - cosa che faceva sempre con lei -, e il suo pene duro come il marmo si infilò tra le mie cosce, appoggiandosi alla vagina, ma senza entrare, pulsando dall'eccitazione.

Mi ritornarono in mente tutte le azioni che avevo compiuto da ragazzina e approfittai subito dell'occasione.

La vagina già umida dei miei umori per l'eccitazione di quel momento accolse prima il glande poi il resto del pene, senza alcuno sforzo, il suo pene scivolò dentro naturalmente come se conoscesse bene la strada da percorrere.

Io avvertii quella penetrazione con un sospiro di soddisfazione che non sfuggì a mia madre, ma lei fece finta di nulla, anche se aveva ben compreso cosa era successo.

Io rimasi ferma in quella posizione, godendo del cazzo di mio padre dentro la mia fica, fino a quando non mi addormentai sognando un amplesso con lui.

Mia madre è sempre stata protettiva nei confronti di mio padre, ma devo dire che papà non ha mai avuto un atteggiamento particolare nei miei confronti oltre quello affettuoso tra padre e figlia, è sempre stato consapevole del suo ruolo e della situazione particolare che vivevamo in casa praticando il naturismo anche tra le mura domestiche, anche se io – lo ammetto – spesso ho azzardato decise provocazioni che lo hanno messo a dura prova.

Solamente a letto, quando dormivamo tutti e tre abbracciati, lui si lasciava andare e grazie alla mia totale disponibilità mi penetrava la fica, ma non andava mai oltre. Io, ero comunque felice di quelle penetrazioni e mi addormentavo felice con il cazzo di mio padre in corpo.

A diciotto anni ero una donna fatta.

E questo era così evidente ai miei genitori che soprattutto mia madre aveva alzato un muro a mia difesa nei confronti degli altri uomini. Per questo accettava i miei comportamenti nei confronti di mio padre e quelle più o meno audaci situazioni che io cercavo con determinazione e ferrea volontà.

Un sabato mattina dedicato a fare spesa al mercato, com'ero solito fare, senza badare all'abbigliamento mi infilai un paio di ballerine, andai in camera dei miei mentre mio padre si stava vestendo, presi dal loro armadio e indossai un maglione di mio padre extra large che arrivava appena sotto il sedere ma mi faceva in pratica da vestito.

« Violetta! – esclamò mio padre stupito – non vorrai per caso uscire così con solo il mio maglione e nuda sotto? »

« Ma si papà, andiamo solo al mercato chi vuoi che mi guardi e poi chi lo sa che sotto il maglione sono nuda. »

« Ma io lo so » sottolineò lui.

E allora io con civetteria rimarcai.

« Vorrà dire che sapere che sono nuda sotto il maglione al massimo ti farà venire l'uccello duro » e poi sottovoce, ma non tanto sottovoce che lui non potesse sentire, aggiunsi « almeno lo spero! »

Lui mi guardò sorpreso senza aggiungere nulla, ma io ero consapevole di aver colpito nel segno.

Al momento del rientro a casa mentre mettevo i sacchetti della spesa nel bagagliaio della macchina, mi chinai in avanti e il maglione si sollevò quel tanto da mostrare il sedere a mio padre che era dietro di me.

La cosa non lo lasciò indifferente; penso che sia stato istintivo sentirgli pronunciare « Devo dire Violetta che ti è venuto un bel culetto rotondo, e credo sia anche bello sodo. »

« Toccalo papà così mi dici se è veramente sodo », lo provocai io.

« Ma cosa dici Violetta! », esclamò.

« Ma papà, sono tua figlia, tu sei mio padre. Che male c'è? »

Allora con un attimo di titubanza allungò una mano e mi strinse il sedere con forza.

« Allora? », chiesi.

Ci pensò un attimo e poi gli uscì un flebile « Si si, bello sodo. »

Credo che sia stato uno dei più bei complimenti ricevuti da mio padre. E comunque io feci in modo che quella mano sul sedere rimanesse il più a lungo possibile, mettendo con cura a posto i sacchetti della spesa e chinandomi ancor più in avanti per mettere in luce bene il mio fondo schiena, mentre la sua mano indugiò a lungo stringendo forte una natica.

Poi mollò la presa e salimmo in macchina.

Io avevo preso gusto a questo 'gioco' e gli dissi.

« Secondo te, papà, le cosce sono altrettanto sode che il culetto? » e coì dicendo sollevai del tutto il maglione mettendo in vista il pube.

Poi vedendo che non rispondeva, che era titubante, gli presi una mano e l'appoggiai su una coscia.

« Allora? Cosa ne dici?»

Lui rosso in viso, mi guardò e poi stringendo un po' disse « Si si, Violetta, sono sode anche le cosce. »

Io gli presi la mano e la feci scorrere sulla coscia dicendo: « Ma sono abbastanza lisce o devo depilarmi? »

Vedevo che nel frattempo si era agitato, e qualcosa gli dava fastidio tra le gambe perché con l'altra mano cercava di mettere a posto qualcosa in corrispondenza della cerniera dei pantaloni.

Allora feci scorrere la sua mano trascinandola con la mia in alto fino al pube e con fare civettuolo aggiunsi: « è abbastanza liscia o devo depilare anche qui?»

Allora tolse la mano di scatto, mise in moto la macchina e tranchant disse « è ora di andare a casa, Violetta, la mamma ci aspetta. »

In macchina non feci cenno a quello che era successo, come se fosse stato del tutto naturale che lui mi toccasse il sedere. Invece, in cuor mio, ero contenta di aver stimolato nuovamente il suo interesse nei miei confronti.

Ora quando giravo nuda per casa facevo attenzione ai suoi sguardi che mi seguivano con maggiore attenzione e curiosità.

Ero una diciottenne smaliziata e disinvolta, molto disinibita soprattutto con mio padre, e non perdevo occasione per eccitarlo.

Un pomeriggio in spiaggia a Pampelonne, nella nostra solita spiaggia dove si pratica il naturismo, mentre mamma stava facendo un bagno rinfrescante, e papà era sdraiato, affondato nella sabbia, assopito che prendeva il sole, io misi in atto un gioco malizioso.

Io mi avvicinai a lui, lo osservai per un po' con uno sguardo sognante.

Era un bell'uomo, magro con un corpo muscoloso, ed era supino con l'uccello in estensione e il glande di fuori - come spesso gli capita al mare - e disteso sul ventre. Il suo uccello era grosso, ma come era grosso.

Io mi avvicinai e gli sussurrai in un orecchio « Papà non ti dispiace se mi sdraio vicino a te. Anzi, posso usare la tua pancia come cuscino? Leggo un po', se non ti do fastidio. »

Lui sonnecchiando non rispose, ma fece un cenno di assenso.

Io mi sdraiai e appoggiai la testa sul suo addome molto vicino al suo 'coso' e iniziai a leggere un libro.

Il sole era molto caldo, la luce abbagliante e facevo fatica a leggere nonostante gli occhiali da sole.

Allora, mi tolsi gli occhiali e lasciai cadere il libro sulla sabbia. Quindi, mi voltai appoggiando la guancia sul suo ventre. Ero vicinissima al suo pene, distava dalla mia bocca pochi centimetri.

Lo sentivo respirare regolarmente, me ne accorsi dai movimenti della pancia che si sollevava e si abbassava ritmicamente.

Io sollevai la testa, mi aggiustai i capelli, e appoggiai nuovamente la guancia sul suo ventre, sempre più vicino al suo pene. Ero girata su di un fianco, la mia bocca quasi sfiorava il suo glande. Avevo la sensazione di toccarlo con le labbra. Non so se si stesse rendendo conto di quello che stava succedendo.

Il suo respiro regolare si fece più intenso, io ero agitata e stavo sudando per l'eccitazione. Facevo respiri profondi, a bocca aperta. Anche lui cambiò il ritmo della respirazione; che si fosse veramente reso conto di quello che stava succedendo?

Fece un respiro più intenso sollevando e abbassando tantissimo l'addome e io scivolai con il viso verso il suo pene.

Il suo glande si appoggiò alle mie labbra, adesso lo sentivo bene. Io feci finta di dormire di non accorgermi di quello che sta avvenendo, ma avevo il cuore che batteva a mille. Ancora un sussulto del suo corpo, scivolai ancora e aprii la bocca. Ora sì, il suo glande si era insinuato nella mia bocca, solo la punta però.

Io avevo il cuore che mi stava scoppiando per l'eccitazione, quando sentii un imperioso « Jérôme!… Violetta! Che cosa state facendo? »

Era arrivata mia madre, io rimasi immobile facendo finta di dormire.

Mio padre accennò un « Cosa c'è Cléo? Mi hai svegliato! »

Io rimasi immobile, come se non avessi sentito niente, ma ancora con il glande in bocca.

E lei con tono deciso: « Jérôme, per favore alzati – e poi sottovoce, ma con fare perentorio - e togli il cazzo dalla bocca di tua figlia! »

Lui si sollevò di scatto sui gomiti, secondo me facendo finta di niente, ma non credo non si fosse reso conto di quello che era successo.

Mia madre mi scosse.

« Violetta – e con modi perentori aggiunse - svegliati! »

Io girai la testa, e la guardai stupita.

« Cosa c'è mamma? Mi sono assopita, stavo leggendo, cosa è successo? ».

Lei fece finta di niente.

Io mi sedetti sulla sdraio.

Mio padre si alzò: « Vado a fare un bagno rinfrescante. »

Mia madre era seduta di fronte a me.

Aveva uno sguardo indagatore.

« Cosa stavate facendo Violetta? Dimmi la verità. »

Io la guardai e accennai un timido e balbettante « No so mamma stavo dormendo, mi sono appisolata mentre leggevo. »

In effetti, il libro rovesciato sulla sabbia poteva rendere credibile la mia risposta.

Lei mi incalzò: « Violetta, Violetta, dimmi la verità, non dire bugie a tua mamma. »

Io ero tutta rossa in viso, anche perché non so mentire.

« Ascolta mamma, è tutta colpa mia. Ho fatto tutto io, papà dormiva e penso non si sia accorto di nulla. »

« Ma cosa volevi fare? »

« Scusami mamma, non so cosa mi è successo. Vedere così papà mi ha… non so come dire. Insomma mi è venuta voglia di prenderglielo in bocca. Volevo sapere cosa si prova a prendere in bocca un pene vero, e non quello di lattice. »

Poi mi misi a piangere.

Tra un singhiozzo e una lacrima riuscii solo a dire.

« Scusami mamma, scusami. Ti giuro, ti giuro però papà non c'entra nulla. »

Lei, che è una donna comprensiva e veramente buona, mi abbracciò forte, mi baciò sulla fronte e sulle guance, mi strinse forte al suo seno.

« Violetta, Violetta. Perché non ne parli con la tua mamma di queste tue pulsioni? Lo sai che ti ascolto sempre, abbiamo un bel dialogo, non rovinare tutto quello che abbiamo costruito assieme. Quando hai certe voglie, è sempre meglio parlarne che agire con sotterfugi come questo. »

« Hai ragione mamma, sono stata una stupida. Scusami ancora. »

« Comunque se tuo papà se ne sia accorto o non se ne sia accorto, facciamo finta di nulla. Dammi retta Violetta, è meglio così. »

Io con gli occhi rossi per il pianto annuii.

In quel momento arrivò mio padre, non disse nulla. Forse fece finta di niente, forse rimandò la cosa ad altro momento, forse ne avrebbero parlato tra loro.

Io non volevo più sapere niente. Ero amareggiata e triste per quello che avevo fatto, mi vergognavo come una ladra.

Mia madre, con il suo savoir-faire riuscì a passare oltre, mi prese per mano e mi portò a fare un bagno rinfrescante, mentre mio padre ci guardava sorridendo.

Era bello per lui vedere le sue donne nude che per mano si avvicinavano all'acqua.

Fu una giornata psicologicamente intensa e io rimasi stressata e snervata per tutto quello che era successo in spiaggia.

La cena trascorse in un silenzio che mi sembrò irreale, quando di solito a tavola si chiacchierava molto. C'era un'atmosfera strana in casa. Non so cosa si erano detti i miei genitori, ma non erano molto loquaci con me.

La serata era comunque molto calda e al momento di andare a letto, io mi stavo lavando quando mia madre mi chiamò.

« Violetta, puoi venire in camera nostra? »

Mio padre era già sdraiato a letto, la luce era spenta, entrava dalla porta finestra semiaperta un raggio di luna che illuminava parzialmente il letto e dava una sensazione di serenità e intimità.

Mia madre era seduta sul bordo del letto.

« Cosa c'è mamma? » chiesi io con titubante e con timore.

« Violetta, tesoro vuoi dormire con noi questa notte? »

Mia madre, sapeva sempre come dissipare le situazioni più intricate dal punto di vista psicologico.

Io annui, con un sorriso che esprimeva tutta la mia gratitudine nei suoi confronti.

« Vieni, tesoro, vieni qui, in mezzo a noi due », aggiunse lei.

Mi sdraiai tra di loro, ero veramente grata a mia madre per questo sua ennesimo atto di comprensione, disponibilità e amabilità nei miei confronti.

Loro si misero vicino a me, i nostri corpi a contatto, sentivo il calore emanato dai loro corpi. Un piacere immenso.

Poi mia madre allungò la sua mano verso mio padre e « Vieni Jérôme, dammi la mano, stasera la nostra bambina ha bisogno di coccole, è stata una giornata dura per lei ed è psicologicamente provata. »

E così dicendo prese la mano di mio padre e la posò sulla mia vagina, tenendola ferma con la sua. Io sentivo il contatto del palmo della sua mano sul pube e delle sue dita sulle labbra della vagina.

« Cléo, ma se fai così mi viene … duro! », gli scappò detto. Gli era proprio uscito dal cuore.

« E tu marito mio tieni il tuo 'coso'… anzi c a z z o – rimarcò ulteriormente sottolineando la parola cazzo - a posto, altrimenti te lo taglio », aggiunse lei ridendo.

« E tu tesoro mio – rivolgendosi a me – tienigliélo fermo almeno così tuo padre non si fa venire strane idee. »

Mio padre ha sempre avuto una reattività incredibile, era bastato fare solo un cenno a parole di cose attinenti al sesso che si era già eccitato e il suo pene era diventato subito duro, aveva avuto un'erezione repentina.

Io ero meravigliata dall'ardire di mia madre.

« Ma come faccio a tenerlo a bada, mamma? »

« Ce l'hai le manine? … usale no », aggiunse lei.

Io non me lo feci ripetere due volte, allungai la mano dalla parte di mio padre e gliela strinsi intorno all'uccello.

Che bella sensazione sentire quel coso turgido in mano; era duro, gonfio, carnoso. E anche se con la mia mano non riuscivo a cingerlo tutto, era troppo grosso per me, ero del tutto appagata.

« Mamma puoi stare tranquilla che adesso non può più nuocere, lo tengo stretto stretto, non si può più muovere », aggiunsi io.

Lei non disse altro e mi baciò sul viso.

Mio padre? Era rimasto senza parole, sbalordito dall'intraprendenza e risolutezza di sua moglie, e anche piacevolmente compiaciuto dalla situazione in cui lo avevano messo le sue due donne.

Mia madre era stata incredibile, nel sciogliere una situazione delicata in modo così semplice e naturale, senza malizia né morbosità.

Avere quel coso in mano mi dava una sensazione di estremo piacere. Ero così eccitata che iniziai a masturbarlo. Era bellissimo stingerlo e muovere la mia mano lungo l'asta rigida e dura. Lui era eccitatissimo lo sentivo dal respiro, e il suo pene era sempre più gonfio. A un certo punto lo sentii pulsare sempre più forte, allora spostai la mano sul glande e avvertii un fiotto di sperma inondarmi la mano. Era bellissimo sentire quel caldo liquido che mi riempiva il palmo; lo feci eiaculare tutto nella mano che poi piena del suo sperma la strinsi intorno al suo pene.

Ero al settimo cielo.

Avevo masturbato mio padre e il suo sperma riempiva la mia mano e fuoriusciva dalle dita che avvolgevano il suo pene; mio padre mi stava stringendo la vagina e io tenevo stretto in mano il suo cazzo con tutti i suoi umori, cosa potevo desiderare di più?

X

I L nostro era diventato un ménage surreale. Ora non c'erano più barriere tra noi e mi era concesso molto di più di quanto io potessi desiderare.

Sì mi mancavano molto i rapporti sessuali con mio padre, ma a questo sopperiva mia madre le cui "lezioni" era sempre più frequenti.

In fondo anche a lei piaceva fare sesso con me, farsi masturbare da sua figlia e godere e farmi provare piacere.

Una domenica mentre eravamo tutti e tre a prendere il sole sulla terrazza di casa e mamma si era appisolata sulla chaise longue, io approfittai spudoratamente di mio padre.

Io volevo far diventare una piacevole abitudine, almeno per me, il fatto che fosse lui a spalmarmi l'olio solare, sia quando prendevo il sole in terrazza sia quando eravamo in spiaggia, e quindi lo invitai senza tanti giri di parole.

« Papà, visto che la mamma dorme, mi spalmeresti l'olio solare sul corpo? »

La mia era una richiesta innocente, ma che sottintendeva da parte mia uno scopo ben preciso.

Lui come sempre si dimostrò disponibile, si sedette accanto a me e iniziò a spalmare l'olio sulla mia schiena, perché nel frattempo mi ero distesa prona.

Con molta delicatezza dopo avermi spalmato per bene le spalle e la schiena passò a ungermi i piedi e le gambe, arrivò fino su alle cosce e si fermò in prossimità dei glutei.

« Papà perché ti sei fermato, non mi spalmi l'olio sul sedere? Vuoi farmelo arrossare? »

« No no tesoro, stai tranquilla adesso vado avanti » e con un po' di imbarazzo procedette a massaggiarmi e spalmarmi con cura l'olio sui glutei. Quando mi accorsi che si era interrotto, perché probabilmente reputava di aver finito, lo incalzai subito e lo sollecitai a proseguire.

« Papà, anche nella fessura del culetto, perché se li si arrossa poi brucia e non posso stare seduta. »

Avvertii la sua titubanza, era sicuramente a disagio, allora lo pungolai a continuare.

« Dai papà non c'è niente di male, mi stai solo spalmando l'olio anti scottature. »

La sensazione che provai quando le sue dita s'infilarono nel solco tra i glutei fu meravigliosa e quando lo sentii sfiorare l'ano mi venne un brivido e un sussulto nervoso.

« Ti ho fatto male Violetta? »

« No no papà, continua ti prego. »

Provai un piacere incredibile, lui probabilmente se ne rese conto perché non smise di far scorrere le sue dita dentro la fessura, sentii toccare il coccige e poi le dita scendere verso l'ano, dove si fermarono, un dito ebbe un attimo di esitazione lo sentii toccare l'ano, forse sarebbe voluto entrare. Invece si allontanò via. Io emisi un sospiro e lui sollevò la mano.

« Ho finito Violetta. »

Allora io mi girai supina, guardai mia mamma che stava dormendo, forse non si era accorta di nulla.

« Papà, ora devi spalmare l'olio davanti. »

« Davanti? Ma non riesci da sola? »

« No dai papà sei stato bravissimo, continua tu » lo incalzai.

E siccome lui è sempre stato paziente e arrendevole verso di me, con cura iniziò a spalmarmi l'olio solare partendo dai piedi, lungo le gambe, le cosce. Poi si fermò e passò alle braccia, alle mani. Era delicatissimo e bravissimo, una carezza continua, aveva le mani vellutate.

Io ero piacevolmente soddisfatta.

Poi però si fermò improvvisamente.

« Papà e il resto? »

« Come il resto? », mi chiese.

« Si papà, il collo, il torace, il seno, la pancia e tutto il resto. Non vorrai mica lasciare le cose a metà. »

Io ero disarmante, lui completamente arrendevole nei miei confronti.

Ricominciò.

Mi spalmò l'olio sul collo e poi procedette, sul petto, i seni – « i capezzoli mi raccomando altrimenti si scottano » lo sollecitai – lui mi massaggiò e indugiò di più sui seni, era visibilmente eccitato, il cazzo era duro anche se nella posizione seduta cercava di nasconderlo, ma svettava, si vedeva, eccome!

Gli piaceva quello che stava facendo e sui seni indugiò a lungo, più che un massaggio erano carezze sensuali, quasi erotiche, poi scese verso la pancia, arrivò all'ombelico, il ventre. Si fermò sul pube, fece una pausa, indugiò nuovamente forse aveva avuto un ripensamento.

Io sottovoce lo incalzai: « Ora la vagina papà, e la parte più delicata di noi donne. »

Lo vidi diventare rosso in viso, era agitato e io eccitata al massimo.

Ebbe un attimo di incertezza, ci stava pensando, mia madre dormiva, anche lui pensò che forse lei non si era accorta di nulla.

Poi riprese a spalmare l'olio emolliente, a lungo sul pube carnoso, quindi indugiò ancora, poi scese verso l'inguine ai lati della vagina.

Però io vedevo che era molto agitato.

Si fermò un attimo, scosse la testa. Poi via. Le sue dita toccarono la vagina, spalmarono l'olio sulle grandi labbra con un movimento morbido. Lo sentii toccare il clitoride e poi nuovamente le grandi labbra. Ritornare sul clitoride, indugiare ancora sulle grandi labbra, poi le sue dita si fecero più ardite andando avanti e accarezzando le piccole labbra.

Con voce affannosa e cercando di non farmi sentire dalla mamma mi uscì dalla bocca « si papà bravo così, anche dentro, così la fica non si scotta. »

Sentii un dito infilarsi dentro, ebbi un brivido, un sussulto, un dito si era effettivamente insinuato dentro la mia fica.

Con profondi sospiri di soddisfazione cercai di fargli capire che mi piaceva se mi toccava il sesso e lui faceva scivolare le sue dita dentro la vagina.

Non indugiò dentro di me, uscì fuori quasi subito, e riprese a spalmarmi l'olio sulla fica.

Ora provava piacere anche lui, ne ero convinta.

Io ero piacevolmente agitata e dal cuore mi uscì una sentenza: « Però adesso potresti infilarci qualcosa di grosso e duro. »

Mio padre s'interruppe, mi guardò completamente disorientato da questa mia esternazione.

Si alzò, aveva il cazzo durissimo e gonfio, sembrava dovesse esplodere da un momento all'altro.

In quell'istante mia madre si svegliò, aveva sentito la mia ultima frase.

« Violetta cosa sta succedendo, cosa volevi dire? »

Nel frattempo mio padre era rientrato in casa, era andato in bagno.

Sono convinta che fosse talmente eccitato che se gli avessi toccato il sesso avrebbe avuto un'eiaculazione spontanea.

« Niente mamma, dicevo così per dire », aggiunsi io con tono indifferente e mostrando tutta la mia ingenuità.

« Cosa stavate facendo? », incalzò invece lei.

« Nulla mamma, papà mi ha spalmato l'olio antisolare sul corpo. »

Tuttavia, a lei non sfuggiva nulla.

Seduta sulla sdraio mi osservò con attenzione.

Io ero rossa in viso e tutta unta. L'olio lucido rifletteva la luce del sole sul mio corpo già un po' abbronzato, dandomi un aspetto decisamente erotico.

Lei stette un attimo in silenzio e poi con tono di rimprovero « Anche sulla vagina vedo, non potevi fare da sola? »

Io mi sedetti, con lo sguardo triste e affranto e feci spallucce.

« Mamma, l'ho chiesto io a papà. »

« E cosa vuol dire: potresti infilarci qualcosa di grosso e duro? »

A questo punto la mia sfacciataggine, la mia sfrontatezza, la mia insolenza scomparvero definitivamente.

« Mamma, scusami. »

Rimasi silenziosa per qualche minuto, con gli occhi bassi. Poi proruppi in un pianto a dirotto e singhiozzando dissi.

« Mamma, ti devo fare una confessione. Non so cosa mi succede, ma ogni giorno che passa ho sempre più voglia di fare sesso con papà. »

« Me ne sono accorta da un po' di tempo, Violetta, dai tuoi comportamenti fuori le righe. »

Io la guardai negli occhi continuando a piangere.

« Mamma perdonami, per come mi comporto, ma è più forte di me. Certe volte non so trattenermi, non capisco cosa mi succede. »

La mia fortuna, però, era quella di avere una mamma esageratamente comprensiva. Mi abbracciò forte, mi baciò, mi strinse al suo petto.

« Vedrai Violetta sono momenti passeggeri. Tu dovresti però cominciare a guardare di più i tuoi coetanei, i ragazzi della tua età, e non tuo padre. »

« Lo so mamma, hai ragione. Ma i ragazzi sono stupidi, superficiali, pensano che il sesso sia solo scopare. Io invece vi guardo, quando fate l'amore, vi osservo, vedo quanto è bello come fate l'amore voi due. Certe volte vorrei essere al tuo posto. Papà è dolce, tenero, affettuoso, gentile e poi, scusami se te lo dico, vedo come ti... scopa mamma e mi eccito e mi tocco, godo anche io nel vedervi scopare. »

Ero stata sincera e onesta con mia madre.

« E poi quando gli prendi in bocca il pene – il cazzo, mi corresse lei, si dice cazzo, Violetta – ti invidio sai, vorrei essere al tuo posto. »

Lei mi guardò con lo sguardo affettuoso di una mamma e mi abbracciò stringendomi forte al suo petto, sentivo il seno sollevarsi dal suo respiro.

Non disse altro se non un « Ti voglio bene Violetta, amore mio. »

« Anche io ti voglio bene, mamma. »

In quel momento entrò mio padre. Si era fatto una doccia, per calmare i suoi bollenti spiriti, ed era ancora bagnato. Spandeva gocce d'acqua dappertutto.

« Jérôme – lo rimproverò mia madre – stai bagnando dappertutto. »

Non fece cenno di nulla a suo marito, nascose il mio volto per non fargli vedere che avevo pianto, stringendolo forte al suo seno.

Poi lei, sdrammatizzando e con tono allegro e sorridendo disse: « Stasera non ho voglia di cucinare. Cosa ne dite se finiamo la serata con una pizza e un cinema? »

Mio padre e io eravamo felici, tutto stava sdrammatizzando e rientrando nella normalità.

Allora lui aggiunse « Andatevi a fare una doccia, fatevi belle, voglio che sia una serata speciale. »

Mia madre ha sempre avuto classe nel vestire, dopo la doccia io la guardai scegliere con cura gli abiti da indossare. Forse stava cambiando qualcosa nel mio modo di pensare, cominciavo forse ad apprezzare certi abiti e un certo modo di abbigliarsi.

Lei si mise le autoreggenti, a lei proprio non piacciono i collant. Spesso usava le calze di seta con i reggicalze.

Scelse con cura la lingerie, un completo di pizzo trasparente con le mutandine alla brasiliana. Poi dall'armadio estrasse un tubino nero, con collo alla coreana, abbastanza corto a mezza coscia. Un paio di scarpe con un tacco dodici a stiletto, vertiginose.

« Adesso vai a vestirti anche tu, Violetta. »

Mio padre era già pronto, mia madre lo raggiunse in salotto e si sedette accanto a lui sul divano.

Io andai in camera mia. Ero indecisa su cosa mettere. Indossai anche io le autoreggenti, vedere mamma così bella ed elegante mi aveva stimolato i sentimenti. Presi dall'armadio un top senza maniche con le spalline sottili, e una gonna corta a pieghe. Indossai il décolleté di vernice nera tacco dieci, le uniche scarpe con i tacchi che avevo. Svestita così andai in salotto da loro con il top e la gonna in mano.

« Cosa dici mamma questo top e questa gonna con i tacchi vanno bene? »

« L'intimo non lo indossi? », mi fece osservare mio padre.

« Papà, sai che il reggiseno non lo indosso mai; volevo mettere il perizoma, poi ho pensato, è così minuscolo che non so a cosa serva e ho lasciato perdere. »

Mia madre, mi guardò con un sorriso indulgente.

« Si si Violetta, penso di si. Indossali e vediamo. »

Indossai top e gonna. Sfilai davanti a loro con atteggiamento vezzoso. La gonna era abbastanza corta e secondo i movimenti s'intravedeva il pizzo delle autoreggenti.

« Stai benissimo tesoro, così sei perfetta! » sottolineò mia madre. E mio padre approvò annuendo con la testa.

La cena in pizzeria passò velocemente, tra mille parole di mamma e papà. Io ero veramente felice. Come sempre mia madre aveva saputo trasformare una mia zione sbagliata e un mio momento di sconforto in una serata piacevole per tutti.

Dopo la pizza al cinema.

Il film lo scelse mia madre, 'L'Amante', un film erotico di Jean-Jacques Annaud.

Prima di entrare in sala, mi prese sottobraccio, e mi sussurrò in un orecchio.

« Guarda cosa faccio io, e poi, senza vergognarti, fai lo stesso. Tanto ormai sai come si fa. »

Io lì per lì non capii, poi mentre stavamo entrando in sala sottovoce aggiunse.

« Mi raccomando, ingoia tutto. »

Non avevo capito, ma feci finta di niente.

La sala era abbastanza vuota, mia madre cercò tre posti a sedere in fondo alla sala lontano dall'entrata, una zona della platea abbastanza isolata, dove non c'era nessuno.

Mio padre si accomodò tra noi due, si spensero le luci e iniziarono a scorrere le immagini del film. Era molto bello e intrigante, lo guardavo con interesse ma ogni tanto lanciavo un'occhiata a mia madre.

A un certo momento vidi che sollevò il bracciolo del sedile e lo ripose verticale, prese una mano di mio padre e se la mise sulla coscia. Il vestito corto si era sollevato e si vedevano bene le autoreggenti e la pelle nuda delle gambe.

Io aspettai qualche minuto, poi sollevai anch'io il bracciolo e allungai la mia mano su quella di mio padre.

Lui si voltò verso di me e sorrise, forse pensava che io fossi presa dal film che mostrava scene notevolmente erotiche.

Rimasi alcuni attimi così, poi la sollevai tenendo stretta quella di mio padre e la spostai sulla mia coscia, in alto molto vicino all'inguine.

Ora sentivo il calore della sua mano, ero agitata il cuore mi batte forte, sentivo pulsare il sangue nelle vene. Con l'altra mano alzai la gonna, allargai le cosce e spostai la mano di mio padre nella fessura dell'inguine; ora era a contatto con la mia vagina. Era bagnata se ne accorse ma non ritrasse la mano. Io la premetti forte, le sue dita s'insinuarono tra le grandi labbra.

Io sospirai di piacere.

Adoravo quel tipo di contatto fisico con mio padre.

Ogni tanto lanciavo uno sguardo verso mamma, e a un certo momento vidi che si chinò verso mio padre, gli sbottonò i pantaloni, spostò l'elastico degli slip e gli tirò fuori l'uccello, una nerchia gonfia e soda.

Accidenti aveva il cazzo duro.

Lei si chinò con il viso verso quel membro turgido, lo scappellò e mise in mostra il glande rigonfio.

Mio padre aveva lo sguardo fisso sul film, sua moglie gli stava toccando l'uccello, lui aveva una mano nella fica di sua figlia. Era eccitatissimo e si vedeva dal suo cazzo che svettava duro e superbo.

Mia madre avvicinò la bocca al suo glande, lo baciò, lo leccò e con la lingua lo avvolse leccandolo avidamente, sentii mio padre fremere, con la mano mi strinse la fica.

Io ebbi un fremito di piacere.

Oramai non guardavo più il film, guardavo solo mia madre. La sua lingua avvolgeva il glande e lo succhiava, poi scorreva la lingua sull'asta del pene, lo leccava e ritornava a leccare il glande, infine lo inghiottì tutto.

Vidi scomparire il cazzo in bocca a mia madre, e poi uscire e poi ancora dentro, tutto in bocca. Lei teneva il cazzo bello diritto affinché io vedessi bene. Lo succhiò avidamente, me ne accorsi dai sussulti di mio padre che ansimava di piacere, mentre la sua mano insinuava le sue dita dentro la mia vagina e stringeva con forza.

Io tremavo dal piacere.

Guardavo fisso mia madre che succhiava con avidità il cazzo di mio padre ed ero eccitatissima, tanto che stringevo forte la mano di mio padre contro la mia fica.

Lui stringeva ancora più forte, ormai due dita erano entrate dentro, mi faceva male da quanto stringeva, avevo le lacrime dal dolore, ma non volevo mollare e stringevo la sua mano con la mia ancora più forte spingendo le sue dita sempre più a fondo dentro la vagina.

Lo sentivo ansimare sempre più forte, quando improvvisamente mollò la presa, la sua mano diventò morbida.

Mia madre si fermò, stava eiaculando, non finiva più ma mia madre non staccava la sua bocca, stava ingoiando tutto.

Ora capii il senso della frase « Mi raccomando, ingoia tutto. »

Quando mia madre si sollevò e si ricompose mio padre mi guardò.

I nostri sguardi s'incontrarono.

Allora io mollai la presa della sua mano e gliela spostai, mi chinai su di lui, presi in mano il suo cazzo che era ancora turgido e gonfio.

Caspita se era grosso, quanto era grosso, però io confidavo di riuscire a prenderlo in bocca.

Appoggiai le labbra al suo glande, ci passai la lingua sopra leccandolo bene, era ancora bagnato di sperma, ne sentii il gusto acidulo, però non mi dispiacque.

Era la prima volta che assaggiavo lo sperma dell'uomo.

Cominciai a leccarlo come mi aveva insegnato mamma, prima il glande poi l'asta del pene, poi ancora il glande. Lo tenevo stretto tra le labbra e con la lingua tolsi tutti i residui di sperma.

Poi lo infilai in bocca, prima solo il glande, leccandolo e mordicchiandolo, poi il resto del pene.

Nel frattempo sentivo mio padre ansimare nuovamente dal piacere.

Lo affondai in bocca e cominciai a succhiare. Succhiai, succhiai, succhiai sempre più avidamente. Con la coda dell'occhio vedevo mia madre che annuiva per approvazione.

Io ero eccitata al massimo, sentivo la mia fica bagnata, se mio padre mi avesse toccato avrei sicuramente avuto un orgasmo. Continuai a succhiare e leccare, sempre più avidamente.

Lui era scomposto, i pantaloni erano completamente aperti, gli slip abbassati e io avevo tra le mani quella meraviglia e la stavo succhiando con avidità.

Un piacere che non avevo mai provato prima, ma che avevo sognato spesso.

Ero in preda a un'eccitazione sessuale incredibile, stavo succhiando il cazzo a mio padre, mi sembrava di toccare il cielo con un dito.

Io succhiavo con tale e tanta avidità, che lui fece fatica a contenersi.

Mia madre per evitare che urlasse dal piacere gli sbatté la lingua in bocca e lo baciò avidamente.

Io non la smettevo più, ero talmente eccitata che lo avrei divorato a morsi.

Poi lo sentii ingrossare nella mia bocca, una sensazione già provata, tutte le volte che mi aveva penetrato.

Fu un attimo ed eiaculò di nuovo.

Lo sentii schizzare in bocca, strinsi le labbra così non sarebbe potuto uscire niente, lo sentii pulsare in bocca: ogni pulsazione uno schizzo, abbondante. Pulsava e schizzava tantissimo, mi sentivo la bocca piena di un liquido gelatinoso, un po' colloso, leggermente acidulo, sembrava non finire mai. Gli ultimi sussulti furono più liquidi, acquosi. Poi si interruppe.

Io avevo la bocca piena, e cominciai a deglutire. Era la prima volta, ma mi piaceva, ero entusiasta di quello che avevo fatto e ingoiare quel nettare meraviglioso mi dava un'ebrezza incredibile: era lo sperma di mio padre!

Faticai un po' a mandar giù tutto perché il primo a colare è sempre più denso e va giù per la gola piano piano.

Intanto il pene si era afflosciato, ma ce l'avevo ancora in bocca.

Lo leccai bene, lui sussultava a ogni mia slinguata. Ma io lo pulii bene come fa una gattina, lo schiacciai perché non ne rimanesse dentro nemmeno una goccia. Poi quando ebbi finito di ingoiare tutto, mi tirai su.

Mio padre era spossato, sdraiato sulla poltrona, due pompini di seguito, uno dopo l'altro!

Il film stava ancora scorrendo, non so nemmeno cosa stesse succedendo, non l'ho quasi visto.

Nessuno si era accorto di nulla.

Mia madre lo ricompose, gli tirò su gli slip e gli chiuse i pantaloni.

Rimanemmo in silenzio fino alla fine del film.

Anch'io ero stanchissima, questa prova mi aveva sfinito.

Lanciai uno sguardo interrogativo a mia madre.

Lei mi sorrise, e mi fece l'occhiolino.

Mia madre: che donna!

Uscimmo dal cinema e mio padre, senza fare cenno di quello che era avvenuto in sala, ci propose di andare a prendere qualcosa per dissetarci.

Io avevo il viso sorridente che manifestava una felicità immensa.

Trovammo posto in un bel locale sulla Promenade, io mi sedetti in mezzo a loro.

Sprizzavo gioia da ogni poro.

Mia mamma mi cinse le spalle con un abbraccio affettuoso e « Jérôme ho la sensazione che questa sera tua figlia abbia superato tua moglie. »

Lui ci guardò con ammirazione.

Non rispose alla sua domanda per non metterla in imbarazzo.

« Cléo, sei tu l'ideatrice di questa serata? »

« Si Jérôme, ma non ci prendere gusto. Non ti prometto che la cosa si ripeterà. Questo vale anche per te signorina, non so ancora se ho voglia di dividere mio marito con mia figlia. »

E poi, con fare autoritario e perentorio, aggiunse: « e state bene attenti voi due, perché se vi scopro a fare qualcosa che a me non sta bene, e senza il mio permesso, ricordate che a te, Jérôme, lo taglio e a te, Violetta, la cucio. Ci siamo capiti tutti e tre? Sono stata sufficientemente chiara? »

Io e mio padre la guardammo increduli e poi scoppiammo a ridere, anche perché il suo fare così deciso e categorico era accompagnato da un sorriso da orecchio a orecchio.

« Allora – aggiunsi io ridendo – ti chiederò il permesso prima mamma! »

E mentre aspettavamo che il cameriere portasse le nostre ordinazioni, lei aggiunse sorridendo « e adesso Jérôme ti autorizzo a essere più disponibile con tua figlia, anche se so che voi due me ne avete combinato di tutti i colori. »

E poi dopo un attimo di silenzio.

« Se lei ne ha voglia… insomma, Jérôme, hai capito. »

E aggiunse.

« E tu signorina, se vuoi scopare con tuo padre sei pregata di essere più esplicita e usare meno sotterfugi, mi sono spiegata? »

Era stata chiarissima.

Noi la guardammo con stupore, ma con un grande sorriso.

Io ero al settimo cielo!

Rientrammo a casa piedi facendo una passeggiata sulla Promenade des Anglais, e io in quel momento ho invidiato mia mamma che camminava con naturalezza e scioltezza su quei tacchi altissimi, più alti dei miei.

Io come una paperotta camminavo cercando di non cadere, attaccata al braccio di mio padre.

Arrivammo a casa dopo una piacevole passeggiata, io ero stanchissima. Mi feci una doccia e andai a letto, mentre loro si fermarono alzati a parlare ancora un po'.

Non stettero molto alzati e andarono anche loro a dormire.

Ma, con sorpresa, scoprirono che nel loro letto c'ero io, ancora sveglia sdraiata sotto le lenzuola in mezzo al loro talamo, li stavo aspettando.

« E tu cosa ci fai di nuovo qui?» mi chiese mio padre.

« Vi stavo aspettando per dormire. Non hai detto che volevi fosse una serata speciale? Lo è stata e deve finire in modo speciale. »

« E adesso basta falsi pudori – aggiunsi perentoriamente – d'ora in poi dormiamo tutti e tre assieme. E vorrà dire che quando volete fare sesso mi metterò da un lato e vi guarderò, così imparerò per bene l'arte di amare. »

A letto, mi strinsero in mezzo a loro, io li guardai con un'aria soddisfatta e felice, allungai le mie mani, una la posai sulla fica di mamma e con l'altra strinsi forte il cazzo di mio padre, aggiungendo « uso le manine come mi hai detto di fare, mamma, così lo tengo a bada, puoi dormire tranquilla che non s'infila da nessuna parte, neanche nella tua fica perché la difendo io », infilai due dita dentro la vagina della mamma e mi misi a ridere con le lacrime agli occhi.

« Sfacciata! », disse mia madre, anche lei ridendo.

E poi « ma guarda se devo dividere il cazzo di mio marito con mia figlia. Non c'è più rispetto per i genitori. »

Mio padre rideva, fu allora che aggiunse « ho capito che dovrò tenermi in forma per soddisfare le mie due donne ».

Le sue due donne, questa frase mi era proprio piaciuta.

Mia madre lo rincalzò subito: « se tua figlia mantiene quello che promette, avrai la vita dura tesoro! »

Mia madre riusciva sempre a sdrammatizzare ogni cosa ed era in grado di riportare alla normalità anche le situazioni più scabrose.

Io oramai presa dal gioco aggiunsi.

« Mamma, se vuoi, ma sempre se lo vuoi, ce lo possiamo dividere del tutto. Una di queste sere potremmo scopare tutti e tre assieme. »

« Violetta! » esclamò con stupore mio padre.

E io ormai sempre più entusiasta, eccitata e incalzante « perché papà, non ti andrebbe l'idea di scoparti in una sera moglie e figlia? »

Solo allora mia madre pose fine a questo dialogo surreale.

« Adesso non parliamo di queste cose, anche perché non è detto che debbano per forza succedere. Questa sera è stata una serata eccezionale, il resto… lo vedremo in seguito », cercando di riportare il ménage nei binari tradizionali.

« Sì mamma, ma io dal vostro letto non mi schiodo più, sia ben chiaro », aggiunsi con tono perentorio e definitivo.

« Benedetta figliola, tu sei… sei… incontentabile », aggiunse mamma.

« E io ho la sensazione che sia… insaziabile », ribadì mio padre.

Poi chiusi gli occhi e feci un lungo sospiro di compiacimento, sempre tenendo le mani sui loro genitali.

Solo allora mio padre mi sussurrò in un orecchio.

« Stasera sei stata bravissima. »

Io rimasi un attimo in silenzio e sempre a occhi chiusi, mi sembrava di sognare, gli risposi.

« Sono contenta che ti sia piaciuto. »

« Qui però c'è lo zampino della mamma, - aggiunse a voce alta - anche perché certe cose non si imparano da sole » e così lasciò cadere nel nulla la sua esternazione.

Mia madre sorrise, io sorrisi, una forma di assenso, e poi « Comunque se ti è piaciuto, mamma permettendo, lo posso rifare quando vuoi. »

Mia madre ascoltava in silenzio, e poi esclamò « tua figlia è una brava allieva, impara subito. »

Allora papà mi strinse forte e mi baciò sulla fronte.

Io strinsi forte il suo uccello, una stretta che voleva dire tante cose, è a occhi chiusi e voce alta aggiunsi.

« Ora è anche mio! »

Mamma aveva capito a cosa mi riferivo, perché a mio padre scappò un « non stringere troppo tesoro, altrimenti mi fai male. »

« La mia bambina sta diventando un po' puttanella, o sbaglio? », aggiunse la mamma.

« Abbastanza », ribadì mio padre.

Io ero appagata, rimasi in silenzio, soddisfatta e felice e mi addormentai.

Si a diciotto anni ero proprio una puttanella.

Intanto, con la mia insistenza, ero riuscita a fiaccare la loro resistenza; io avrei infranto quella di chiunque.

Mia madre, ormai aveva accettato questa situazione surreale, e se ne era fatta una ragione. Mio padre, non poteva che essere gratificato dell'amore che le davano le sue donne, e non solo quello spirituale, ma anche quello sensuale e fisico.

Dopotutto io ero la sua puttanella, anzi la loro puttanella ma in senso buono.

XI

Quella santa donna di mia madre, però in fondo non era del tutto dispiaciuta di tutto questo. Una situazione che per tutti era assurda, era invece diventata per noi una cosa normale.

Io le avevo confessato tutti i miei sentimenti, tutti i miei desideri, tutte le mie passioni. Non m'interessavano i ragazzi, i miei coetanei, gli altri uomini; io avevo occhi solo per mio padre. E lei vedeva questo in senso non del tutto negativo, era una forma di protezione dal mondo, dove il sesso incontrollato poteva essere molto più pericoloso.

Per questo aveva accettato di buon grado questa situazione paradossale, dove le mie pulsioni sessuali nei confronti del sesso maschile, ma soprattutto di mio padre, erano permesse da lei e dal suo atteggiamento condiscendente, tollerante e disponibile ad accettare ogni mio capriccio.

E il mio agire sconveniente, decisamente da spudorata, senza alcuna vergogna, spesso sfrontata e sfacciata, lo vedeva sicuramente come una forma di ribellione nei suoi confronti, ribellione che peraltro era limitata all'ambiente familiare.

In realtà ero docile e obbediente, altrimenti chissà cosa avrei fatto.

Nonostante ciò, lei iniziò a curare anche il mio aspetto. In fondo a diciotto anni dovevo cominciare a vestirmi da donna.

Non più solo magliette e jeans o leggings.

Per questo motivo si premurò di rifare il mio guardaroba. Mi comperò top e camicette, gonne più o meno lunghe, ma io le preferivo più corte che lunghe. Le autoreggenti le portavo, ma preferivo le parigine, calze appena sopra il ginocchio con pizzi e fiocchetti. Mi aveva invitato a portare sempre più spesso le scarpe con i tacchi, perché diceva, sono più femminili: d'inverno décolleté, primavera ed estate sandali, sempre più alti, sei, sette, otto, dieci centimetri. Io mi sentivo sui trampoli, facevo fatica a camminare, e quando potevo, indossavo le mie amate ballerine.

Intimo? Niente non lo sopportavo.

Il reggiseno proprio non l'ho praticamente mai indossato, le mutandine, spessissimo ne facevo a meno, fino a non usarle più.

Lei aveva provato con gli slip di pizzo, sensuali mi diceva, per catturare l'attenzione degli uomini, e poi le brasiliane, tanga di varie forme con lacci e laccetti, perizomi sempre più piccoli, micro perizomi, quel tanto che serviva per coprire almeno la vagina mi diceva.

Non c'era niente da fare. Io non ne volevo sapere, erano casi rari quando indossavo qualche indumento intimo, quando proprio era necessario e non ne potevo fare a meno, altrimenti uscivo sempre senza nulla sotto.

Mio padre non perdeva occasione per farmi notare la cosa « Ma Violetta non indossi le mutandine per uscire? »

Io rispondevo infastidita « Papà non servono a nulla. »

E poi per stuzzicarlo « E poi non ti eccita sapere che tua figlia gira per strada con la fica all'aria? »

Si, ero proprio una piccola... puttanella.

Il giorno della consegna del baccalauréat al Lycée era una splendida giornata estiva. Il cielo un blu brillante, un sole caldo ma con una leggera brezza che stemperava il clima.

Su consiglio di mamma, e questa volta ne convenni anch'io, mi vestii elegante, tanto che stupii tutti i miei compagni di scuola.

Mamma mi aveva fatto indossare un suo abito a tubino nero – che non metteva più perché le era diventato stretto – senza maniche con collo a V, lungo appena sopra il ginocchio, sul quale avevo indossato un copri-spalle di raso color rosso pastello corto in vita e a mezza manica.

Le autoreggenti erano nere velate, con una bordura alta di pizzo a fiori color rosso su trama nera.

Un décolleté modello Pigalle di Christian Louboutin - che diventerà poi il mio stilista preferito - di vernice nera, tassativamente tacco dieci, un regalo di mamma che voleva facessi la mia bella figura.

« Così sei più femminile e sensuale. »

La prima cosa che mi disse mio padre quando mi vide vestita così fu « Violetta, sei splendida », guardandomi con uno sguardo dolce e affettuoso e aggiungendo « Intimo? Questa volta si, spero. »

« Ma no papà, non serve, non si vede, nessuno si può accorgere che non lo indosso; guarda... sei convinto che non si vede? », aggiunsi io con fare civettuolo.

Spavalda e ribelle come sempre.

Mia madre mi osservava con occhi amorevoli e sospirava di rassegnazione per il mio ardire nel vestire.

« Guarda Jérôme, come è bella nostra figlia. Un fiore di loto. »

Alla consegna dei diplomi sorpresi tutti, compagni e insegnanti. Nessuno mi aveva mai visto così... bella ed elegante. I miei genitori erano orgogliosi di me.

Ora sarei entrata nel mondo degli adulti. Avevo compiuto diciotto anni, avevo preso il baccalauréat, ora mi sarei iscritta all'Università.

Non ero più una ragazzina, ero una donna.

Per mio padre sempre la sua bambina, anche se oramai, sempre più spesso, scherzosamente mi chiamava la sua puttanella.

Ora la puttanella voleva fare nuovamente il volo pindarico nel mondo del sesso ma con suo padre.

Devo dire, che questa volta non azzardai nulla e mi confidai subito con mia madre.

Le confessai il mio desiderio.

Il regalo per il diploma: fare sesso con papà, ma non con solo papà con tutti e due. Volevo coinvolgere anche mia madre.

« Mamma voglio una notte di sesso con voi, voglio dare tutta me stessa a voi due e voglio ricevere tutto l'amore da voi. »

Una richiesta forte e perentoria.

Devo dire che mia madre non rimase per nulla stupita, mi conosceva meglio di quanto io conoscessi me stessa, e mise in scena la più bella notte della mia vita.

Andammo a fare shopping da sole io e lei, acquisti particolari per una notte speciale.

Il sabato sera, mia madre preparò la nostra "mise en place".

Autoreggenti e C-string di pizzo traforato per velare un pube perfettamente rasato, décolleté tacco

155

dodici – dei veri trampoli per me che non ero abituata a portare tacchi così alti – minigonna nera a vita bassa in raso, molto corta tanto da coprire appena il pizzo delle autoreggenti ma visibile a ogni movimento delle gambe, camicetta in tulle trasparente nero che nulla nascondeva dei nostri seni, trucco sfumato da « puttanelle in calore », come sottolineò lei, rossetto rosso fuoco.

Eravamo vestite come due gemelle, l'unica differenza, il seno prosperoso di mia madre. Così abbigliate ci presentammo davanti a mio padre come una apparizione divina.

« Accidenti! Siete meravigliose! », fu la sua prima esclamazione seguita poi da « vestite così fate venire strani pensieri. »

Mia madre colse subito l'opportunità offertagli.

« Quindi, ammetti che è vero, Jérôme, che stasera le tue donne ti stuzzicano qualche pensiero licenzioso? »

« Ma dai Cléo, cosa dici. »

« Su tesoro mio, dimmi la verità. Qualche pensiero peccaminoso ti è venuto in mente o no? »

Io ascoltavo divertita il loro dialogo.

E mia madre incalzandolo.

« Sii sincero Jérôme, non ti è venuta voglia di scoparti assieme tua moglie e tua figlia? »

E poi aggiunse « In fondo è già successo qualcosa di simile. »

« Ma Cléo, è stato tempo fa e una sola volta per esaudire un desiderio molto particolare di nostra figlia. »

« Intanto, non essere bugiardo, Jérôme, so tutto. Nostra figlia è cristallina con me, mi ha raccontato tutto. »

Mio padre divenne tutto rosso.

« Poi tesoro, hai la memoria corta. Non ti faccio l'elenco di tutto quello che avete fatto, e che abbiamo fatto assieme, anche perché ci vorrebbero… ore, tante ore », aggiunse ridendo.

E poi proseguì.

« Tesoro, ormai non c'è più niente di peccaminoso e immorale dopo quello che è successo in questa famiglia. »

E lui, ammise con un cenno di assenso ciò che era successo qualche volta anche tra noi due soli.

« Si, scusami Cléo. Si è vero, vedervi così belle e sexy mi ha stuzzicato fantasie dissolute. »

« Bene tesoro, mio. Allora può darsi che questa sera dopo cena vivrai una notte di passione con tua moglie e tua figlia. Cosa ne dici Violetta? Facciamo vivere a tuo padre una nottata veramente speciale? »

Io, senza pronunciare parola, feci un cenno di assenso con un sorriso che sprizzava felicità da tutti i pori.

« Caro marito mio, forse stasera tua moglie e tua figlia ti faranno vivere una notte di sesso vizioso e lussurioso. »

E poi continuò, rivolgendosi a me.

« Cosa dici Violetta, gli facciamo gustare tutti i nostri gioielli? Vediamo se tutte e due riusciamo finalmente a fiaccare il suo c a z z o ? »

Si, aveva volutamente usato la parola cazzo, scandendo bene la parola.

Io ero talmente entusiasta che non riuscivo neppure a parlare.

Si annunciava una serata piccante.

« Ora però si va a cena fuori, poi vedremo », aggiunse lei.

L'aperitivo al Café de Paris di Monte-Carlo fu veramente entusiasmante, anche perché non passammo per nulla inosservate.

Poi la cena a lume di candela, innaffiata da champagne che ci fece alzare il livello della pressione a tutti e tre.

La cena la trascorremmo in un locale esclusivo di Monaco, dove io e mia madre facemmo sfoggio delle nostre mises eccentriche e audaci, mises che attirarono l'attenzione di molti presenti. La camicia di tulle metteva soprattutto in mostra il seno prosperoso e ancora sodo di mia madre, senza peraltro nulla nascondere agli occhi dei presenti, compreso il mio che occhieggiava e ostentava comunque la sua rotondità. L'abbigliamento e il trucco, poi, accentuavano le nostre figure di donne audaci e sensuali.

Mio padre euforico, ostentava con compiacimento le sue due donne.

I suoi sguardi percorrevano i nostri corpi come mai era successo, quasi a dire che eccitavamo di più vestite che 'nature'.

La serata trascorse piacevolmente e non ci rendemmo nemmeno conto del passare del tempo.

Io pregustai il ritorno a casa, conscia che avrei passato una serata indimenticabile con loro.

Mia madre, aveva preparato il loro talamo con un lenzuolo bianco di lino.

Una luce soffusa e molto fioca illuminava appena la stanza, quasi buia, il grande specchio a parete rifletteva il cielo stellato che si poteva osservare dalla grande parete vetrata che dava sulla terrazza. Una luna piena tracciava dei riflessi argentei sul mare. Una notte magica.

Mia madre prese per mano suo marito, lo avvicinò al letto e con fare libidinoso lo denudò e lo fece sdraiare nel mezzo.

Poi mi invitò a spogliarmi e lei fece lo stesso con fare sensuale: via la camicetta e via la gonna. Restammo in autoreggenti e tacchi alti, mettendo bene in mostra i due C-string di pizzo che oscuravano parzialmente le nostre vagine.

Mio padre si eccitò ancora di più e il suo cazzo ebbe un'erezione strepitosa; e grazie a un tocco abile di mia madre il suo glande proruppe in tutta la sua bellezza e carnosità.

Uno spettacolo della Natura!

Poi, come mi aveva istruito nel pomeriggio, ci sdraiammo vicino a lui e avvicinammo le nostre bocche al suo pene, gonfio, turgido, duro, carnoso e cominciammo a baciarlo tutte e due assieme; prima baci delicati, intervallati da slinguate su tutta l'asta che pulsava ritmicamente dall'eccitazione, poi avvicinammo le nostre bocche al suo glande. Lui ci guardava ammutolito. Iniziammo così a slinguare per bene il suo glande e a stringerlo assieme tra le nostre bocche, fino a quando le nostre labbra si incontrarono e cominciammo a slinguarci voluttuosamente tra noi, dandoci baci lascivi e lussuriosi.

Mai lui si sarebbe aspettato una cosa del genere.

Alternando baci tra le nostre bocche, dove le nostre lingue scivolavano sulle nostre labbra e affondavano nelle nostre bocche, e baci sul quel glande che era diventato rosso sangue, cominciammo a succhiarlo. Mentre una succhiava, l'altra gli leccava l'asta del pene e lo scroto sodo e gonfio, alternando le nostre bocche sul suo uccello.

Un pompino sublime – avrebbe poi ammesso mio padre – fatto da due donne al loro uomo.

Mio padre era estasiato nel vedere tanta maestria in sua figlia, così abilmente guidata da sua moglie.

Era così eccitato che ci pregò di interrompere quella meravigliosa tortura per non godere subito.

Allora mia madre si sollevò, mi fece alzare, mi tolse e si tolse il C-string e accompagnandomi con le mani mi mise a cavalcioni di mio padre seduta sul suo viso.

« Ora fai godere tua figlia con la tua bocca e la tua lingua, come sai far godere me. »

E così dicendo si sedette di fronte a me cavalcioni a mio padre facendosi penetrare la fica, con un profondo sospiro di soddisfazione.

Io, intanto, mi stavo gustando la bocca e la lingua di quell'uomo che adoravo e che mi stava succhiando la fica, le labbra della vagina, il clitoride, facendomi provare una sensazione di ebrezza incredibile. Sospiravo dal piacere, fremevo e avevo tremiti dall'eccitazione, cominciavo ad avvertire caldo, tanto caldo; mi sentivo tutta rossa in viso ed ero tutta un bollore.

Mia madre, nel frattempo, si stava scopando suo marito, e animata da tale a tanta frenesia, mi prese per le spalle, avvicinò la sua bocca alla mia e mi baciò.

Un bacio impetuoso e lussurioso, la sua lingua s'insinuava nella mia bocca come un serpente e io ricambiavo con ardore quel bacio passionale.

Eravamo al massimo dell'eccitazione, tanto che io non riuscii a trattenermi, mi staccai da quel bacio voluttuoso e urlai tutto il mio piacere. Avevo avuto un orgasmo clitorideo, grazie ai baci appassionati di mio padre.

Mia madre non fu da meno, pompò il cazzo nella sua fica ancora per poco e proruppe anche lei in un orgasmo devastante.

Si sdraiò sul letto, provata; mi fece mettere carponi su di lei, prese il mio viso tra le sue mani e lo avvicinò alla sua vagina.

« Ora Violetta, fammi godere come solo tu sai fare con tua madre. »

Io, in quella posizione accucciata con la bocca sulla fica di mia madre, inizia a leccarla. E mentre lei dimostrava il suo piacere ansimando disse a mio padre.

« Dai Jérôme, ora approfitta dell'occasione che ti sta capitando. Questa sera tua figlia ha deciso di donarti quello che ancora il tuo cazzo non ha esplorato. »

Mio padre, al culmine dell'eccitazione, aveva capito tutto.

Si avvicinò dietro di me e appoggiò il suo membro durissimo al mio ano. Lo sentivo pulsare, ero eccitata anch'io, già pregustavo quello che sarebbe successo.

Finalmente mio padre mi avrebbe sodomizzato, sarebbe stata la mia prima volta con un cazzo vero.

Ero eccitata al massimo, ma anche molto agitata.

Quel membro enorme era appoggiato al mio culo e il pensiero che mi stava per deflorare l'ano mi spaventava non poco.

Lui esitò un po', poi piano piano cominciò a forzare quel buco che lui non aveva ancora conosciuto. Io lo sentivo spingere, ma continuavo a leccare e succhiare la fica di mia madre che mostrava tutto il suo compiacimento mugolando di piacere.

Intanto, quel coso enorme tentava di farsi strada dentro di me, con fatica provava a dilatare il mio sfintere che faceva resistenza; non avevo ancora assaporato la penetrazione di un membro così grosso.

Io avvertivo dolore mentre lui cercava di far entrare con delicatezza il suo cazzo nel mio culo.

« Dai Jérôme, un colpo forte. Penetrala come fai con me, noi donne dobbiamo sentire dolore per godere così », disse mia madre presa da una frenesia depravata.

Lui non se lo fece ripetere due volte, con un colpo secco spinse talmente forte che mi sbatte il suo enorme cazzo nel culo, tutto dentro il retto.

Io lanciai un urlo di dolore, poi mi accasciai sulla fica di mia madre e per reazione succhiai avidamente la sua vagina e il suo clitoride tanto che lei esplose in un nuovo orgasmo, urlando tutto il suo piacere. Poi mi appoggiai esausta al suo pube.

Intanto sentivo quel coso enorme che mi riempiva il culo. Era entrato tutto dentro di me, tutto fino alle palle.

Mi sentivo talmente piena che mi sembrava si lacerasse tutto.

Fu, però, questione di attimi.

Mio padre inizio a pomparmi l'ano. Colpi forti e ritmati che mi scuotevano tutta. Colpi che affondavano il suo cazzo dentro il mio ventre, lo sentivo in pancia come se mi volesse entrare nello stomaco. La mia testa sballottolata da quei colpi vigorosi sbatteva sulla pancia di mia madre, che con decisione la prese tra le mani e affondò nuovamente il mio viso nella sua vagina. Mi ritrovai nuovamente a leccarla insinuando la lingua dentro di lei.

« Più forte Jérôme, più forte! Sbatti tua figlia come sbatti tua moglie. Falle sentire il piacere della penetrazione anale. La sodomia è un'arte che va gustata con dolore, senza dolore non si prova godimento. Pompala tesoro mio, con tutta la forza che hai, fai godere tua figlia come fai godere me. »

Lui aumentò la frequenza dei colpi, mi martellava il culo con il suo enorme cazzo, mi sbatteva e mi scuoteva tutta e nel frattempo mia madre mi schiacciava il viso nella sua fica, quasi volesse risucchiarmi nell'utero che mi aveva partorito. Io sudavo freddo e alternavo vampate di calore a brividi freddi, avevo tremori e le pulsazioni a mille.

Mio padre, ormai, eccitato al massimo, mi stava pompando con una energia tale che mi sentivo tutta sconquassata, fino a quando anche lui non raggiunse l'orgasmo.

Aveva raggiunto un livello di eccitazione estremo, al limite dell'esaltazione e del turbamento emotivo, che eiaculò una quantità enorme di sperma e di liquido seminale, schizzando più e più volte ritmicamente nel mio culo, e io avvertii riempirmi il retto come un clistere.

Infine, spossato si accasciò sul letto.

Io mi sdraiai prona, esausta e stremata, con l'ano dolorante. Sentivo un fuoco, sentivo bruciare tutto dentro di me, ma ero soddisfatta e sazia per tanta grazia ricevuta. Mi rigirai a fatica, sentendo l'ano pulsare ritmicamente per lo sforzo della penetrazione che aveva subito, nel mentre mamma e papà mi cinsero con le loro braccia stringendomi forte tra loro.

Mia madre mi baciò sulle guance, mio padre mi guardava con tenerezza, io dissi flebilmente « sono contenta, spero che la vostra puttanella vi abbia soddisfatto a sufficienza. Mamma, papà mi avete fatto felice, un regalo bellissimo. »

Loro mi guardarono estasiati.

Poi mio padre disse.

« Voi due siete due vere puttanelle, anzi la parola giusta è puttane libidinose, e poi questa vostro atteggiamento lesbico mi ha proprio stupito. »

« Jérôme, noi donne abbiamo comportamenti nascosti che non tutti gli uomini sanno vedere e comprendere. »

« Siete state magnifiche, però spero che questa non sia la prima e ultima volta di una serata incredibile, meravigliosa, inimmaginabile. »

« Vedremo, tesoro mio – rispose mia madre, e aggiunse – tu cosa ne dici Violetta? »

Io li guardavo con due occhioni che esprimevano tutta la mia riconoscenza e tutto il mio infinito amore nei loro confronti, e annui.

« Mamma, papà se voi vorrete io sarò la vostra puttanella per sempre. Vi darò tutto il mio amore e divideremo per sempre tra noi la gioia del sesso. »

Una nuova vita mi aspettava, dove l'Amore con la A maiuscola era per me quello che volevo dare e vivere con i miei genitori.

XII

La mattina dopo, al risveglio mi ritrovai sola a letto, mio padre e mia madre erano usciti. Io mi recai all'Università per prendere informazioni circa la mia nuova vita scolastica e rientrai nel pomeriggio.

Li ritrovai al mio ritorno che stavano facendo il bagno nella grande vasca da bagno adiacente alla loro stanza da letto.

Mia madre era immersa nella vasca idromassaggio come una Venere nelle acque, mio padre seduto sul bordo della vasca semisdraiato sulla schiena appoggiava indietro le braccia, come se stesse riposando. Notai il suo membro curiosamente flaccido appoggiato da un alto.

« Ciao mamma, ciao papà. »

Non aggiunsi altro, nessuna parola su quanto era avvenuto la notte prima.

Mia madre m'invitò a fare un bagno tonificante.

« Vieni Violetta a fare un po' di idromassaggio, ti rilassa, ti tonifica e ti rimette in forma. Anche tu ne hai bisogno dopo la notte che abbiamo trascorso. »

Non me lo feci dire due volte.

Mi tolsi quegli straccetti che portavo indosso, una maglietta e i leggings e m'infilai nella vasca.

Papà seguì ogni mio movimento con occhi interessati.

Ero in piedi nella vasca con l'acqua che mi arrivava a metà coscia, e guardavo mia madre bellissima che si godeva il dolce massaggio dei getti d'acqua calda.

« Chi mi insapona? » chiesi ingenuamente.

« Jérôme, pensaci tu, io sto troppo bene a coccolarmi nell'acqua. »

Mio padre, si alzò, si mise dietro di me e con una spugna cominciò a bagnarmi tutta; poi mi versò del sapone liquido sulle spalle e iniziò a insaponarmi per bene. Il collo, le spalle, le braccia, la schiena e poi stringendomi da dietro passò al petto e ai seni, indugiando sulle loro rotondità. Io provavo piacere nel sentire quel dolce massaggio.

Quindi, scese sulla pancia e sul pube carnoso palpandolo voluttuosamente strusciando le dita sulla fessura della vagina; fece altrettanto con i glutei, spingendo infine le sue dita dentro la fessura dell'ano e facendomi provare un brivido di piacere.

Intanto il suo cazzo era di nuovo in erezione.

Mia madre lo guardava e non riuscì a trattenersi dal dire « Jérôme, non riesci proprio a tenere a freno il tuo uccello. Moderati ogni tanto, mi sembra che per oggi dovresti essere più che sazio! »

Lui la guardò con occhi mogi, mentre il suo pene si era rizzato ed era turgido e duro, sfiorando ripetutamente il mio corpo.

« Scusami Cléo ma nostra figlia ha un corpicino così bello, morbido e vellutato che fa venire certi pensieri e certe voglie, e lui non riesce proprio a trattenersi. »

Lei lo guardò e sospirò.

Io, invece, ero gratificata dalle sue parole.

Allora mia madre mi chiese « Violetta, quando sono iniziate le mestruazioni? »

« Circa quindici giorni fa, mamma. »

« Allora Jérôme, è meglio che trattieni le tue voglie se non vuoi mettere incinta tua figlia. »

Io colsi la palla al balzo e visto che in fondo mia madre non avrebbe certamente fatto freno a un eventuale atto sessuale con mio padre – dopo tutto quello che era successo - dissi con disinvoltura.

« Mamma, non possiamo usare il preservativo? »

Lei fu franca nella riposta, nel frattempo che mio padre mi stava insaponando con sempre più cura e impegno vagina e sedere, insinuando le sue dita bene dentro tutte e due le fessure e facendomi venire brividi sensuali; una situazione decisamente surreale.

« Vedi Violetta, il preservativo serve a far godere l'uomo, ma non da nessun piacere alla donna. Per provare piacere bisogna sentire il calore del cazzo e la sua pelle strusciare dentro di noi, che sia una penetrazione vaginale o anale, a maggior ragione in bocca. Il piacere si prova sentendo scorrere il cazzo dentro di noi e non qualcosa di sintetico. »

« Ma se prendessi la pillola? »

« Intanto, non farebbe effetto subito, poi non fa bene, può fare male e fa ingrassare, ed è meglio che tu stai attenta ai chili di troppo sei già abbastanza rotondetta », aggiunse ridendo.

« Carnosa e tutta da palpare », sottolineò mio padre.

E così dicendo, lui si prese una botta di « Porco! » da mia madre.

Lei continuò « Tesoro mio, noi donne abbiamo altri mezzi per far godere un uomo. Lo sai bene. »

E così dicendo si sollevò dall'acqua in tutta la sua bellezza, si chinò di fronte a mio padre e si mise in ginocchio all'altezza del suo cazzo.

« Vieni Violetta chinati qua, vicino a me. Pensavo di averlo soddisfatto a sufficienza, ma tuo padre è veramente insaziabile. »

« Ma mamma avete già fatto sesso? »

« Si tesoro, gli ho già dato tutta me stessa oggi, ma vedo che non è bastato », rimarcò sospirando.

« Cosa vuoi dire, mamma. »

« Che gli ho succhiato l'uccello più volte, mi ha scopato la fica e me lo ha messo nel culo pompandomi l'ano per più di un'ora. E a quanto pare non gli è ancora bastato », sottolineò lei.

Allora mi chinai anche io vicino a lei.

Mia madre prese in mano il cazzo duro di mio padre, gli tirò fuori il glande, lo leccò e poi « Adesso pensaci tu Violetta, così tuo padre è contento. Ma ricordati, se vuoi fare felice un uomo quando eiacula devi ingoiare tutto, fino all'ultima goccia e poi quando sei sicura che non esce più niente devi pulirgli il cazzo per bene con la lingua come una gattina in calore. »

Io la guardai con senso di riconoscenza per quello che stava facendo per me, io sua figlia avevo la libertà di fare un pompino a suo marito, mio padre.

Che donna mia madre!

E così feci. Lo presi in mano – e come mi aveva bene insegnato mia madre – inizia a leccarlo e slinguarlo per bene, il glande, poi l'asta del pene, ancora il glande cercando di eccitarlo al massimo. Poi lo presi in bocca e inizia a succhiargli la cappella, alternando piccoli morsi a slinguate avvolgenti. Quando lo sentii respirare sempre più affannosamente gli presi in bocca tutto il cazzo e iniziai a succhiarlo avidamente spingendolo più che potevo in gola. Poi a un tratto lo sentii spingere di colpo in gola contro l'ugola, quasi a soffocarmi tanto che mi venne un conato. Mi disse poi mia madre che gli aveva infilato un dito nel culo spingendolo con forza dentro e facendolo sussultare: un modo per aumentare la sua eccitazione e produrre ancora più sperma.

Ripresi a succhiarlo con avidità. Ero veramente golosa e avida del suo cazzo.

Succhiai con ingordigia fino a quando non lo sentii ingrossare, pulsare e infine schizzare nella mia bocca un liquido caldo e gelatinoso. Stava eiaculando! Allora affondai il suo cazzo in gola e lo feci eiaculare tutto dentro, non la finiva più e io ingoiavo con gusto e piacere quel dolce nettare; lo feci fino all'ultima goccia, come aveva detto mia madre.

Quando mi resi conto che non usciva più nulla, anche le ultime gocce di liquido seminale erano entrate nella mia bocca e io avevo ingoiato tutto quel delizioso nettare, lo liberai dalla presa e iniziai a pulirlo leccandolo con la lingua e rimuovendo ogni minima traccia di liquido seminale, dal glande e dal pene.

Nel frattempo mia madre lo aveva liberato dalla penetrazione anale del suo dito, e mio padre mugolava di piacere per questa mia ulteriore minuziosa leccata.

Quando ritenni di aver fatto bene come mia madre mi aveva insegnato, lo lasciai e mi sdraiai per rilassarmi in acqua, adagiata vicino alla mamma.

Io ero contenta per quello che avevo fatto, ma insoddisfatta per non aver provato un piacere mio avendo un orgasmo.

Mia madre se ne era accorta dal mio sguardo un po' deluso, e allora allungò una mano sulla mia vagina e cominciò a toccarmi, prima esternamente, e quindi infilando una, poi due, infine tre dita dentro la fica, e cominciando a strusciarmi il clitoride.

Io ero tesa come una corda di violino dal desiderio.

Lei mi cinse le spalle con l'altro braccio e mi diede un bacio appassionato infilandomi la sua lingua vogliosa e voluttuosa in bocca. Non resistetti molto a quell'assalto ed ebbi un orgasmo intensissimo, mentre con la coda dell'occhio vedevo mio padre che in piedi davanti a noi guardava eccitatissimo e si stava masturbando il cazzo nuovamente in erezione.

« Cazzo Cléo, così mi fai salire la pressione e il cazzo è nuovamente duro! », esclamò.

Io ero in estasi, l'orgasmo mi aveva devastato.

Mia madre si sollevò dall'acqua, si chinò in avanti e disse « Su Jérôme, mettimelo di nuovo nel culo e godi, speriamo così che ti calmi i bollenti spiriti. »

Lui la cavalcò come uno stallone, lei era infoiata come una cavalla da monta.

La loro eccitazione sessuale era alle stelle, io stanchissima in acqua li guardavo scopare, anzi mio padre inculare mia madre, a pochi centimetri di distanza da me. Entrambi ansimavano dal piacere, fino a quando quasi contemporaneamente urlarono il loro orgasmo, un piacere estremo, goduto con un'intensità incredibile.

Solo quando mio padre ebbe terminato di eiaculare dentro il culo di mia madre, la liberò dalla morsa.

Era stato bellissimo vederli fare sesso così vicino a me. Io ero entusiasta.

« Mamma, papà siete stati magnifici. È vero che lo farete ancora con me, è troppo bello, troppo bello! »

Io non capivo più nulla ero in preda a un'euforia esagerata.

Mio padre, ora sconvolto si era sdraiato sul bordo della vasca senza dire nulla. Mia madre si stava godendo l'idromassaggio, stremata anche lei. Dovevano aver fatto un pomeriggio di sesso intensissimo.

Solo dopo un po' di tempo mia madre si alzò, uscì dall'acqua a mentre si asciugava disse « Ora, Jérôme, sei appagato? »

Lui la guardò con aria soddisfatta, guardò me e aggiunse « Credo di essere l'uomo più fortunato del mondo, con due splendide donne come voi che mi sfamano i sensi e mi rendono felice la vita. »

« Sì, Jérôme, però mi raccomando facciamo attenzione, perché io e tua figlia non usiamo contraccettivi e non prendiamo precauzioni. Penso non sia il caso che tu ci metta incinta, specialmente tua figlia. Pertanto, datti una regolata, soprattutto a letto, perché so bene che il più delle sere il tuo uccello va a dormire nella fica di tua figlia. »

Sì, perché ormai dormivo con loro, nel loro letto matrimoniale, in mezzo a loro e quello che aveva detto mia madre era la verità. Molto spesso, non dico sempre, mi accucciavo di schiena tra le braccia di mio padre e il suo cazzo s'insinuava tra le mie cosce finché il suo glande non forzava la mia vagina e mi penetrava, restando così dentro di me finché durava l'erezione. Io provavo una piacevole sensazione di soddisfazione. Mi sentivo piena e appagata.

Ora che facevo sesso con mio padre e mia madre, alla luce del sole, senza più dover ricorrere a sotterfugi di ogni tipo mi sentivo al settimo cielo.

D'estate, sulla spiaggia, mi piaceva stare seduta a cavalcioni di mio padre a leggere un libro. Naturalmente ciò provocava vigorose erezioni del suo cazzo, e io non perdevo occasione per accoglierlo dentro il mio corpo.

Mia madre le prime volte rimproverava benevolmente suo marito: « Jérôme, hai il cazzo duro, non è bello mostrarlo così in spiaggia; ci sono anche dei bambini. »

Ma io risolvevo a mio modo il problema, spostandomi e facendomi penetrare da quella nerchia grossa e dura.

« Stai tranquilla mamma, adesso non si vede più », e così dicendo, come se nulla fosse accaduto, riprendevo a leggere.

« Benedetta figliola – mi biasimava mia madre – non riesci proprio a farne a meno? »

E io: « Mamma sai quanto adoro sentire questo coso duro che mi riempie la fica. Come potrei farne a meno? »

E mio padre in silenzio provava godimento nel vivere questa situazione surreale.

In effetti, con me cavalcioni dei suoi genitali, il suo cazzo era completamente invisibile, ma io lo sentivo dentro di me duro, gonfio, rigido, avvertivo che mi riempiva tutta e premeva fino in fondo all'utero.

Siccome aveva erezioni che duravano tantissimo, io assaporavo a lungo questo piacere; e se poi con piccoli e studiati movimenti riuscivo a farlo godere, sentendomi inondare del suo sperma, allora mi sentivo pienamente realizzata.

Ero la ragazza più felice del mondo.

Trascorremmo gli anni a seguire in una gioia incredibile, fatta di complicità e condivisione, amore e passione, e sesso, tanto sesso.

Io, ormai, avevo abbandonato la mia pur bella stanza da letto e dormivo sempre con loro.

Il letto, seppur grande, era diventato piccolo per noi tre; ma questo non era un problema, anzi serviva a stare più a contatto e accresceva questa nostra unione, questo legame affettivo e fisico che giorno dopo giorno era diventato sempre più stretto, sensuale, passionale ma non morboso.

In quello splendore di camera, dove il gioco degli specchi e dei vetri, mi faceva godere il sesso anche solo guardandolo, io avevo raggiunto un appagamento spirituale e materiale.

Il sesso non mancava, mai; ma era un corollario a un amore che per me era diventato assoluto.

Facevamo sesso assieme e non. E sì, perché quando io ero nel periodo critico, per sicurezza limitavo la mia partecipazione e mi gustavo loro due che facevano l'amore. Viceversa quando era mia madre, nel periodo critico, io donavo tutta me stessa a mio padre. Comunque noi donne avevamo infinite possibilità di soddisfare il nostro uomo, anche nei nostri periodi critici.

Durante i nostri amplessi era bellissimo vedermi riflessa nello specchio mentre lui mi scopava.

Insomma eravamo una 'perversa' famiglia felice.

La nostra vera vita da naturisti poi mi aiutò tantissimo a superare falsi pudori, a non avere vergogna di sé stessi e del proprio corpo, a essere consapevoli della propria sessualità, a essere onesti e ad avere rispetto per sé stessi e per gli altri. E così la mia vita proseguì negli anni a venire e prosegue tutt'oggi.

Anche oggi pratico il naturismo a casa e al mare, non mi vergogno a mostrarmi nuda davanti a mio figlio o ai suoi amici che mi conoscono e frequentano casa mia, e non provo vergogna davanti ad alcuno, anche se estraneo (i giovani pizzaioli che portano le pizze a casa mia lo possono testimoniare), e chi mi conosce sa di queste mie abitudini e se mi frequenta è perché le apprezza e spesso si adegua, senza peraltro alcuna imposizione da parte mia. E se le prime volte per un minimo di riservatezza nei confronti dei nuovi ospiti giro per casa solo con un perizoma, sempre più micro volta dopo volta, state pur certi che già dopo qualche visita e quando l'affiatamento aumenta e l'amicizia si consolida, scompare anche quello.

Chi mi conosce mi apprezza per quello che sono, una donna totalmente disinibita, che ama e pratica il naturismo senza volgarità, sempre nel privato, mentre nel pubblico dove la decenza e i costumi lo consentono, comunque sempre in spiaggia.

E chi mi critica, perde subito la mia amicizia e smetto di frequentarlo.

Da questo punto di vista sono tranchant.

Tutti sanno che sono una single over quaranta con un figlio di oltre vent'anni che adoro, e che vivo con lui e per lui.

Poi quelli che mi frequentano anche nell'intimo conoscono ogni aspetto della mia ninfomania, della mia sessualità, anzi della mia bi-sessualità – si perché non disdegno fare sesso con uomini e donne – e delle mie "perversioni" sessuali e mi accettano così come sono, nel bene e nel male, anche perché se io voglio fare una cosa la faccio e nessuno me lo può impedire. Come peraltro lo sa e fa mio figlio, al quale non ho mai negato, non nego e non negherò mai nulla finché lui vorrà.

Sono una madre comprensiva e accondiscendente, molto arrendevole nei suoi confronti e decisamente permissiva, docile e tollerante, disponibile ad esaudire ogni suo desiderio, ogni sua voglia e ogni sua trasgressione e perversione.

Lo adoro e lo amo, come ho amato suo padre.

Come mia madre mi ha trasmesso questa voglia e questa capacità di dare amore, e felicità attraverso il sesso, e lei ne è stata la più grande testimone nella mia vita facendomi fare quello che ho fatto con mio padre lei presente, lei che mi ha

insegnato l'arte del sesso e come fare
l'amore, lei che mi ha fatto conoscere il
piacere, così io voglio esserlo con mio
figlio a dargli tutto l'amore di una
madre, in tutti i modi, in tutti i sensi
e con tutta me stessa.

Io vivo per lui e voglio che lui viva
e trovi godimento in me.

Fin

I libri di Violetta :

I.   Ninfa gioiosa. Le origini

Editions du soleil, Côte d'Azur

ISBN 978-0-244-22992-4

Imprimée en octobre 2019.

www.ingramcontent.com/pod-product-compliance
Lightning Source LLC
Chambersburg PA
CBHW050404030726
47503CB00006B/2009